眉清目秀一道烟

慕清明/著

漓江出版社

图书在版编目(CIP)数据

眉清目秀一道烟 / 慕清明著. -- 桂林：
漓江出版社, 2021.6
ISBN 978-7-5407-9098-1

Ⅰ.①眉… Ⅱ.①慕… Ⅲ.①歌词－文学创作研究－
中国－现代 Ⅳ.①I207.22

中国版本图书馆CIP数据核字(2021)第084398号

眉清目秀一道烟

MEIQING-MUXIU YI DAO YAN

慕清明　著

出 版 人：刘迪才
策划编辑：杨　静　　　责任编辑：林培秋
责任监印：黄菲菲　　　版式设计：夏天工作室

出版发行：漓江出版社有限公司
社　　址：广西桂林市南环路22号
邮　　编：541002
发行电话：010-65699511　　 0773-2583322
传　　真：010-85891290　　 0773-2582200
邮购热线：0773-2582200
电子信箱：ljcbs@163.com
网　　址：www.lijiangbooks.com
微信公众号：lijiangpress

印　　制：北京中科印刷有限公司
开　　本：880 mm×1230 mm 1/32
印　　张：9.5
字　　数：140千字
版　　次：2021年6月第1版
印　　次：2021年6月第1次印刷
书　　号：ISBN 978-7-5407-9098-1
定　　价：48.00元

写词当是写情写心。

自 序

元人辛文房在《唐才子传》中评述常建时有言："建属思既精，词亦警绝，似初发通庄，却寻野径，百里之外，方归大道。旨远兴僻，能论意表，可谓一唱而三叹矣。"这是我非常仰慕，也想要努力去学习的一种创作风度。

从 2011 年初次尝试填词，2013 年正正经经地坐下来填词，到 2014 年暂时放弃，再到 2016 年回归之后的左思右想——既然要做就认真努力地去做吧，继而在填词之事上终于开始发奋，到如今算来已正好十个年头。

老实说，早年间写歌词这件事对我来说，不过是枯燥生活中的一种娱乐消遣，与吃饭逛街打游戏并无本质上的不同。直到 2013 年发布的一首歌让我意识到，要想作出一首好歌，写出一个好作品，是不能将之与吃饭

1

逛街打游戏等同的。要认真，要付出，要呕心沥血，要情真意切。那是第一次，我抱着"这首歌词一定要写得与众不同""一定要写得有亮点"的想法开始了创作。是的，这首歌就是《锦鲤抄》。

七年后的今天再回头去看那首歌词，我认识到了自己当时的诸多不足，但也看到了当初的深切情感和而今的笃信坚持。我觉得这也算是好事。

今人填词与古人填词是不同的。现代歌词没有平仄限制，自由度更高，发挥余地也更大，这是它的优势；但我们如今所写的歌词，往往篇幅较长，信息量较大，难度也随之增大（极具商业性质的除外）。故而，要想写出一首好的歌词，如何谋篇布局，如何推进情感，如何夹叙夹议，如何逻辑自洽，更重要的是如何与曲调契合，以及如何适应歌手的演唱，种种问题都是对创作者的考验。

　　网络填词兴起后，在很多填词爱好者手里，歌词的文学性越来越强。很多歌词哪怕不配乐演唱，单是阅读，就使人醍醐灌顶，如春风拂面，这是其好的一面。但也有不太好的一面。诚如鲁迅先生所言："歌，诗，词，曲，我以为原是民间物，文人取为己有，越做越难懂，弄得变成僵石，他们就又去取一样，又来慢慢的绞死它。譬如《楚辞》罢，《离骚》虽有方言，倒不难懂，到了扬雄，就特地'古奥'，令人莫名其妙，这就离断气不远矣。词、曲之始，也都文从字顺，并不艰难，到后来，可就实在难读了。"现而今的一些歌词创作似乎亦有落入文人窠臼之忧，通篇读下来华辞美句，却终究难以打动人心。这种歌词又可分为两类，一类是纯粹的文人词，文人故意"有话不好好说"，非要弄得佶屈聱牙，使人如堕五里雾中，但至少是有文化底蕴的；另一类是不太懂古典文学的人硬"凹"出来的，翻一翻《唐诗三百首》，凑一凑《漱玉词》《东坡乐府》《饮水词》，这种歌词难免有些尴尬。

这也是我此前一直在思考的问题：如何在"俗"与"雅"之间取得平衡，既不会酸腐，亦不至于流于套路。但这个问题着实棘手，哪怕理论上想出了头头道道，真正去写的时候可能又不知所措了。所以后来我发现，要解决这个问题，大概只能在实践中不断地摸索、尝试，不断地突破，才能找到最终的答案。

此前有人评论我的词，说我太任性。我仔细想了想，似乎是这么回事。"松风侠气两袖贪""举世无双一千遍""风华羡尽俗人眼"，从遣词造句到情绪表达都是满满的任性。我想这确实是我应该反省的地方。但反省归反省，反省完了改不改，那就另说。

我这人还有个毛病就是，自己写完的东西，哪怕刚写好时无比高兴，但隔段时间再看就觉得不行，这里也不行那里也不行，一个字一个字地去抠毛病。开始时我觉得这可能是一种不自信的表现，偶然的一天看到某位艺术家的采访，她说对自己过去的作品不满意，并不是一件令人担忧的事，这说明自己一直在进步，并且依然还有无限的进步空间。突然又想到此前自己在《观虫我》里写的那句："可知坚强并非无动于衷，而是能正视余生。"一个真正坚强的人，他在面对现实时非不理不睬假装冷淡，而是能够坦然接受过去不够好的自己，正视未来将要走的路。

我们没有必要在自己的人生中退缩。

想到这里，便也释然。纵然这本歌词集里收录的作品依然有诸多不足，但我只有直面它，才能在未来做出更好的选择。

《眉清目秀一道烟》是我的第一本歌词集，也是我对自己十年歌词创作的一个交代。感谢我的父亲母亲，他们对我无言的支持让我能够放心大胆地去创作，他们是我的星辰大海；感谢我的音乐人朋友银临，她是我填词的初心，也是动力；感谢左木修、王敬轩，以及"万象凡音"的朋友们，与他们合作是一件非常快乐的事情，这两年与小凡的合作在无形中燃起了我的斗志，在各种意义上推动了我的前进；感谢南岐、思栩等歌曲策划，没有她们就没有《娑罗林下》《三千夜》《岁月旧曾谙》《齐氏盗》等许多首歌词的创作完成；感谢李扶澜，我们相识不久却可谓倾盖如故，我很喜欢给她写词，《今夜泊枫桥》《不慌》《四劫连环》这几首都是写给她的；

感谢我的合作伙伴郁天天，这本歌词集她亦费心良多，且因她的出现，我的人生似乎也有了一些不同于既往的可能性。

借此机会还要感谢在我创作道路上支持和帮助过我的所有人，感谢我的所有合作人。

这本歌词集中有三种类型的作品没有收录：其一是因版权问题暂时没有规整好的，其二是过于商业化的，其三是自我感觉写得不算十分满意的。本着精益原则，所收录的都是至少在目前看来能令我满心欢惬的作品。

所求无多，惟盼知音赏矣。

慕清明

庚子年冬

目录

第一辑

我斟霜雪君随意,前路各自倾风雨

. . . .

第二辑

焚荡一身猛鬼胆，扬灰北冥劲云疾

· · · · · · ·

第三辑

惟愿长酣万里风，皓月满余生

· · · · · ·

第一辑

我戡霜雪君随意，
前路各自倾风雨

一只贩售世界的猫咪

"老板在吗，买两斤欢喜"
狐狸裹着星光走进店里
摇椅上她慵懒地抬了抬眼皮
"这位客人，要拿什么换取"

没犹豫　狐狸掏出胸口怦怦跳的心
"小王子走时围着玫瑰色围巾"
人们若是能够被思念抱紧
就会理所当然地忘记一切原因

没有生意的午后她悠闲地打打盹
听见微风拂来清澄的一个吻

她应是只猫咪　贩售整个世界
这些年卖出无数飞逝的风花雪月
销量最好的是悲伤　以及错觉
别奇怪　大多数人都有些偏执情结

她曾卖给彼得潘　一双透明翅膀
让他愉悦地飞翔在他自己的手掌
人类每天千变万化　欲盖弥彰
事实上　不会长大的也许只有死亡

（间奏）

今宵的梦　今宵就做完
明天早晨才能醒得坦然
货架上摆满了各种人情冷暖
"欢迎光临，请你随便看看"

推开门　这回进来的是只金色夜莺
悦耳的歌声赞颂痛苦的生命
"我想买双永不凋谢的眼睛"
温柔注视着少年扔了一地爱情

流云细雨可以便宜卖给落魄诗人
允许他们放纵地在诗里青春

她应是只猫咪　贩售整个人间
裁剪出美丽的春和秋挂于橱窗前
那个女孩买一片梦　托在指尖
别羞怯　梦想可以让我们变得鲜艳

打个呵欠她转身　舔舔自己尾巴
观赏人们买进卖出心头的真与假
听说生日许的愿望　定会发芽
她许愿　未来要成为一个大快乐家

2020 年 10 月定稿

　　认真说起来，这其实是一首生日贺词。于生日之前的某个夜晚，我在灯下一挥而就。

　　这大概是一只神叨叨的猫咪，她向世人贩售风花雪月和悲哀欢喜，可能价格还挺贵的，毕竟太过容易得到的东西，人们往往就不太珍惜。虽则如此，这只猫咪还是希望我们在未来都能成为大快乐家。

有段心事潺潺于心田，

多年后绽放一朵痴念。

6
我斟霜雪君随意，前路各自倾风雨

皮皮，小雏菊，霸王别姬（摄于广东广州）

今夜泊枫桥

潺烟点足　有情縠皱倚兰桡
浣月姑苏倾城厣　温润如玉皎
客从何来　鸾羽鹤氅可姓萧
江南天真无凛冽　宠坏耕樵

乌啼白霜　点星渔火更寂寥
泛波忽梦公子光[1]　三千年倨傲
八荒阒寂　惟有心事淡然敲
亘古银辉泊此地　今夜枫桥

无端　忆旧岁灵犀　射覆分曹
因人而欢悦　遂因人而烦恼
卿卿真似梦　我亦梦中老

常常病酒　长长思绪　怅怅郁云欺九霄
恋恋眼底　帘帘轻雾　怜怜素女鼓瑟哀如潮
客船闻钟天又乱　余醉易消你不消
一生离别路　几程送知交

（间奏）

寒山寺外　万树同披秋风袍
水仙乘鲤白衣月　小憩石边藻
我是何人　顽童贪杯饮劫烧
迎眸三十功名处　懒得折腰

故事荒唐　锥心何须用尖刀
世间情歌来复去　唱人亲人杳
匆匆行色　桃源仙境也无聊
不若箕踞就地坐　阖眼纷扰

愁眠　夜半灯影黯　浮尘蓬蒿
岁月终流逝　谁能一握遥迢
红蕤相思事　早向青春讨

常常病酒　长长思绪　怅怅郁云欺九霄
恋恋眼底　帘帘轻雾　怜怜素女鼓瑟哀如潮
客船闻钟天又乱　余醉易消你不消
一生离别路　几程送知交

茫茫寰宇　忙忙生死　莽莽星海风扬镳
茵茵天地　隐隐悲喜　殷殷渡我痴心不潦草
疏凉十里云间泪　宿雨易逃你难逃
枯舟霜尘尽　却道秋色好

2020 年 11 月定稿

1.公子光，即吴王阖闾。东汉赵晔《吴越春秋》："阖闾出入游卧，秋冬治于城中，春夏治于城外，治姑苏之台。旦食鲻山，昼游苏台，射于鸥陂，驰于游台，兴乐石城，走犬长洲。斯止阖闾之霸时。"

我斟霜雪君随意，前路各自倾风雨

　　基于古典文学题材和意境的再创作是非常有趣的一种创作类型，它既是一道枷锁，也是一杯诱惑，更是一种纵身跃下悬崖那般飞扬跋扈的兴奋。存续千年的那份美感能让你很快就将情绪代入其中，随后便可以在这美感里放纵自己，体会到与古人神交般的快乐，亦在这神交之中勾勒出仿若另一个世界中存在着的你。

　　这首歌词是基于唐代诗人张继的《枫桥夜泊》而再创作的，但我无意于冗赘地复述古人的情感体验，整首歌词写下来也许根本就是在自说自话，但却是真实的自我，真实的所思所想。

　　时常有人会问我，如何写好一首歌词。我自己的歌词也谈不上多好，大概只是勉勉强强及格罢了，但我还是愿意在这个问题上多说两句。

　　于我而言，一首好词须得具备两个因素：匠心与勇气。

匠心是灵犀一点的妙绝，是笔走龙蛇的快意，是遣词造句百炼千锻的耐心，亦是谋篇布局运筹帷幄的笃定。匠心是一首好词的基底。而勇气，则是在词句的高阁寒楼上尽力攀登所不可或缺的。勇气是文字世界里的敢想敢做不被禁锢不被束缚的冲劲儿，是出其不意攻其不备迅雷不及掩耳之势的凌厉，是拨开浮世千重云霭而后直捣黄龙的飞扬。

没有匠心，就只能四平八稳地重复着古人今人早已写过千遍万遍的内容；没有勇气，就只能循规蹈矩地撰写着不痛不痒过目即忘的庸常词句。

涉江

可盐可甜，一番人生。

——题记

也因软红声色耽迷
金钿翠罗　漫将春光酤
三更枕上槐安蚁[1]
偷香芬馥韩寿妻[2]

也为沸浪岩崖砥砺
猎云斩灰　一怒穿心匕
垓下长寒乌骓泣
桃李将军自成蹊

可盐可甜　有何不可？
浮云诸相贪如火
沧海桑田烂一钵
黄泉未渡　我有何不可？！

涉江采芙蓉　兰泽多芳草
眼见灯火万千人群争奇斗巧
独我花魂冷鹤　满帕月光刚哭好
把黛玉残稿　烧了又烧

（间奏）

也入动魄当湖十局
滚滚心血　直向败中取
伐谋帷幄子房计
隆中策对天下棋

可盐可甜　有何不可？
光怪世界撩心魔
镜花水月一手捉
浮生若梦　我有何不可？！

涉江采芙蓉　兰泽多芳草
眼见灯火万千人群争奇斗巧
独我花魂冷鹤　满帕月光刚哭好
把黛玉残稿　烧了又烧

采之欲遗谁　所思在远道
迷途平生泥潭浪尖山呼海啸
心有猛虎蔷薇　无须动刑我便招
你莞尔一笑　莞尔一笑

2020 年 12 月定稿

1. 唐李公佐《南柯太守传》："生解巾就枕，昏然忽忽，仿佛若梦。见二紫衣使者，跪拜生曰：'槐安国王遣小臣致命奉邀。'……上有积土壤，以为城郭台殿之状。有蚁数斛，隐聚其中。中有小台，其色若丹。二大蚁处之，素翼朱首，长可三寸。左右大蚁数十辅之，诸蚁不敢近。此其王矣。即槐安国都也。"

2. 韩寿妻，即贾午。《世说新语·惑溺》："韩寿美姿容，贾充辟以为掾。充每聚会，贾女于青琐中看，见寿，说之，恒怀存想，发于吟咏。后婢往寿家，具述如此，并言女光丽。寿闻之心动，遂请婢潜修音问。及期往宿，寿矫捷绝人，逾墙而入，家中莫知。自是充觉女盛自拂拭，说畅有异于常。后会诸吏，闻寿有奇香之气，是外国所贡，一著人，则历月不歇。充计武帝唯赐己及陈骞，余家无此香，疑寿与女通，而垣墙重密，门阁急峻，何由得尔？乃托言有盗，令人修墙。使反曰：'其余无异，唯东北角如有人迹，而墙高，非人所逾。'充乃取女左右婢考问，即以状对。充秘之，以女妻寿。"

　　与《今夜泊枫桥》一样，这首亦是"古题新作"。有段时间我很痴迷于这种写法。

　　这首歌词是基于《涉江采芙蓉》而再创作的。《涉江采芙蓉》是《古诗十九首》所辑之汉代文人五言诗，我非常喜欢这首诗。原作所写本是游子思妇之间的相思离别之情，感伤惆怅之苦读来使人久久难以忘怀。游子思妇实在是中国文学史上的恒久题材，历代名家多有所作。可是这首，我亦不想单纯地延续或扩展。

　　故而我在"新作"的时候，对思想内涵做了较大幅度的改动。"涉江"是一种无畏精神，"芙蓉"代表着珍贵美好之物，"采"是千里万里追寻的执着。所以这首歌，感伤惆怅有，相思不得亦有，更有独属于我自己的离题万里也嚣张，写着写着还皮了一下。

　　这首歌是写给一位朋友的，不管未来如何艰难，希望她都能倔强地走下去。"可盐可甜"地，淋漓尽致地，度过一生。

一身是月

她无法再为谁缝补袜子
也总是忘记昨天前天的事
蹒跚地逡巡在她的城池
默读着老去这首诗

她做的饭菜依然很好吃
可是岁月偷光了她的牙齿
清澈泪水迎风缓缓流逝
余下眼角边一片渍

早已不屑于争吵或者叛逆
却也很少在外将她提及

我斟霜雪君随意，前路各自倾风雨

皱纹是张捕捞时间的大网
撒开了一寸寸外柔内刚
遍身烟火气地向何处奔忙
她的围裙里藏着很甜的月亮

（间奏）

她年轻时该有怎样容姿
还有如今不被叫醒的名字
无数个吸饱了人的街市
她找不到她的影子

世界引诱着谁欲生欲死
她只说好好吃饭别睡太迟
这句话在梦中天涯咫尺
听懂的人有伤心事

明明愈发短暂地相见别离
怎么越长越像她的往昔

皱纹是张捕捞时间的大网

撒开了一寸寸外柔内刚
遍身烟火气地向何处奔忙
她的围裙里藏着很甜的月亮

手掌心是永远温暖的摇床
好梦掰成一瓣瓣来分享
翻山越岭的人间就此去闯
她在身后照出一路平凡月光

2020 年 8 月定稿

创 / 作 / 小 / 记

这首歌词写给一位长辈。

歌词里那位外柔内刚的长辈，应该是我的外婆，
或者是我的奶奶。但其实，是也不是。

我的外婆和奶奶，她们都是温柔又坚强的女性，

她们都在岁月的洪流中颠沛过、辛劳过。奶奶在我很小的时候就离我而去了；外婆如今身体康健，精神矍铄。

写歌词与写文章不同，较之描写人物的记叙性文章所强调的个性，歌词强调的更多是共性。在文章中，我们努力要让读者看到一个立体的、不会与其他人混淆的人物；而在歌词中，却是故意把一些太过具体的内容模糊掉，不是去找"这个人"身上有哪些特点，而是去找"这一类人"身上的显著特点，而后提取放大。

歌词是非常强调"共鸣"的一类艺术形式。

所以，词人所希望的是听众在听到一首歌的时候内心受到触动，所想到的并非"这是作者的""这是她的"，而是"这是我的"。

他们钟爱朗朗上口没营养的情话，

又真心实意地崇拜故作高深的腔调。

众生庸俗且可爱。

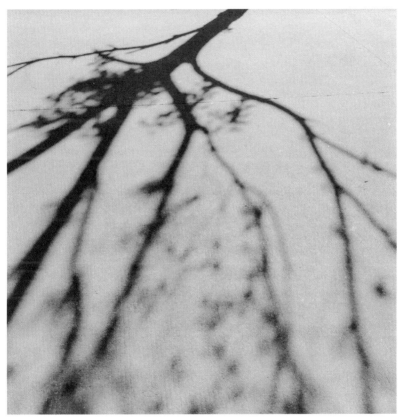

影子（摄于广东广州）

怀梦草

　　伏云公子绝惠，风姿特秀。早孤，惟一姊相伴。十五岁，随宣徽皇，文才武功，颂于当时。

　　恪元十三年，公子奉命征皋涂，业将成，姊忽殁。公子大悲，哀恸欲绝。后闻西州神山折罗漫，有异草怀梦，生崖壁，绽疾雪，怀其入梦，可携亡人归。遂亲赴折罗漫寻怀梦。历数年，果得之。流连梦境，三日方醒，醒后泣曰，姊不肯归。又言梦中见一女，翠裙沾雾，云鬓带露，不染尘气，似曾相识。左右闻之皆奇诧。

　　公子取怀中草视之，已焦枯，以为不祥，命投于炉火，焚烬。

瘦雪八月半
苍云削目断
千峰衔荆簪

叩月借凉衫
拾星涉水寒
我将赴尘寰

芸芸不乏愚心蛮骨　争匮椟　弃琅珠
机心世故诡腻交恶　美浊污
君若芝兰玉树　披雪立尘俗
我当敛衽谢一顾　埋骨情深处

（间奏）

流泉绕纤腕
昏晓岁聆禅
远风生衣寒

芳华枕轻岚
诗笺藏云畔

托付不归山

千军万马心头防驻　城将覆　退无路
清怀兰襟更胜刀俎　刃柔肤
好梦恰似茔墓　须弥生黄土
君可知我来何处　缘何一身孤

从此不再山间草木　晨风漱　凝霜初
湮灭也算求得归宿　也知足
往事历历在目　折罗几寒暑
赴汤蹈火不辜负　望初心如故

2015 年 7 月定稿

少年时期读《红楼梦》，特别喜欢的情节是"还泪"一段。书中写道："此事说来好笑，竟是千古未闻的罕事。只因西方灵河岸上三生石畔，有绛珠草一株，时有赤瑕宫神瑛侍者，日以甘露灌溉，这绛珠草始得久延岁月。后来既受天地精华，复得雨露滋养，遂得脱却草胎木质，得换人形，仅修成个女体，终日游于离恨天外，饥则食蜜青果为膳，渴则饮灌愁海水为汤。只因尚未酬报灌溉之德，故其五内便郁结着一段缠绵不尽之意。恰近日这神瑛侍者凡心偶炽，乘此昌明太平朝世，意欲下凡造历幻缘，已在警幻仙子案前挂了号。警幻亦曾问及，灌溉之情未偿，趁此倒可了结的。那绛珠仙子道：'他是甘露之惠，我并无此水可还。他既下世为人，我也去下世为人，但把我一生所有的眼泪还他，也偿还得过他了。'"

许是对"绛珠还泪"这个情节的久久难忘，很多年前的某天，我也杜撰了一个仙草的故事，而后给这个故事写了一首歌。

在这个故事里，那株名叫怀梦的仙草，在幻化成人形后喜欢上了一个迢迢千里跋涉来寻找她的人。后来为了实现这个人的心愿，她牺牲了自己。这是一个平平无奇的言情戏码。

歌词以怀梦的视角展开，是怀梦的独白，是她温柔倾诉的心事。

我觉得怀梦非常美，并非因为她是仙妹，而是因为她愿意为所爱之人全力以赴。

珍珠

瀛海深处有一座城，城中住着珍珠族。

珍珠为蚌母所孕育，要一千五百年的时间才会化成人形。能化成人形的珍珠，少之又少。其中有风流少年，也有明媚少女。而玲珑，只是最普通的一个。

深海沉静且寂寞，海面的汹涌波涛才更具诱惑力。玲珑常常会独自浮上海面，漫无目的地四处游逛。某天，她看到了那个人族少年。

他时常出现在海滩上，轻轻地唱着歌。那是玲珑从来没有听到过的歌声。算不得多么优美，却直往心里钻。夕阳西下时，他不唱歌了，抬头眺望远方。玲珑躲在礁石后偷看他。

时间久了，玲珑竟也学会了少年唱的那首歌，可以在月光下轻轻唱给自己听。再后来，她又学会了像他一样微笑，一样眺望远方。直到那天，玲珑依然在相同的时刻从海底浮出，躲在礁石后。可奇怪的是，那天，她等了很久很久，少年都没有到来。

一千五百年的时间，珍珠才会化成人形。而后再要八百年，才会重归蚌壳，成为一颗新的珍珠。在这漫长的八百年里，她和鲛人交过朋友，被精卫的石子砸过头，闹腾过河伯叩拜海神的盛典，也见过人族的巨大船只扬帆起航。

她依然会模仿着他的样子，微笑，歌唱，眺望远方。只是他再也没有出现过。

夕阳到海面做客
白云殷勤替晚霞赶车
写给你的信托付长风
不知寄去哪了

终于我学会割舍
也学会怎样察言观色
皓月当空要掬水接着

梦要独自跋涉

有谁不曾期冀投身远方
每段荡气回肠
少年成为他想要的模样
就是岁月最好奖赏

别叹息太多告别
至少相遇很真切
一生中悲喜更迭
回忆添满空缺

（间奏）

心在心事里颠簸
人是分开后才会铭刻
隽永的传说都别点破
结局便是好的

直到我重归浮沫
随风旖旎为浪花半朵

你眼中奔涌天地广阔
我如何忘记呢

有谁不曾期冀投身远方
每段荡气回肠
少年成为他想要的模样
就是岁月最好奖赏

别叹息太多告别
至少相遇很真切
摇曳着盛放枯竭
时间从未停歇

天涯浪迹的白雪
念念不忘山川蝴蝶
听说有人孤负[1]黑夜
偏要点亮人间的月

2019 年 2 月定稿

1.孤负，一语双关。

这首是写给一位音乐人朋友的歌词，并收录于她的个人EP中。歌的主题是"成长"，关键词是"风"。

少年人多喜欢刻意为之的东西，比如过度矫饰的词句，装点绚烂的感情，以及纷繁华美的生活。年纪渐长便慢慢懂得，世间最美好的事是自然而然——自然遇见，自然告别，自然成长，自然歌唱；对于一切都不苛求，不刻意，也无须太过用力。

珍珠少女玲珑，就这样在海风的吹拂下自然而然地长大了。

有很多听众都很好奇，故事里那个少年最终去了哪里。其实我也不知道。我并不想给他安排一个明确的结局。不过我想，他一定是去了自己想去的远方。

哦，对了，这个珍珠少女的故事也是我杜撰的。

铭记是最孤独的亲密无间，

就当给自己一个成全。

芦花烟软（摄于韩国山君不离）

像诗人一样

所谓诗人便是，恰到好处的轻狂。

——题记

还要梦上几锅黄粱

才煮沸心底醇郁的轻狂

江海飞瀑　流霞天壤

收入囊中成全两三行

待墨色撞出惊涛骇浪

就让鸿雁孤楫落英草莽

都轩昂　都在光阴湍流中怒放

诗人乘兴而归
唇间盘桓山与水　转身皓月满背
何愁前路　尘沙蔽日　老马龇龉

请从侠骨中扬袂
落笔应是白刃激荡炽灰
滚烫人间无声雪　无垢梅

（间奏）

还要畅饮几卷老庄
将似醉非醉的风景珍藏
南冥北冥　穹宇苍苍
垂泪为某段顿挫抑扬

待纸页擎起亘古思量
就伴着青莲东坡去远航
我多想　悬命于一段旷世绝响

诗人百转千回
漂泊于芸芸耳内　行吟红尘颠沛

白云在襟　斜阳在笠　青山在眉

请从高歌处断肠
绝情绝美才够振聋发聩
他比尘世每一位　更慈悲

2018 年 1 月定稿

"诗人"是一个美妙的词，"写诗"是一件美妙的事。我希望自己能够像诗人一样，在文字世界里横冲直撞，做个快乐的傻子。

对于歌词里那句"诗人乘兴而归 / 唇间盘桓山与水"，可能有人会有疑惑，诗人为何"乘兴而归"？难道不应该是"乘兴而行，兴尽而返"吗？可是我想，这个轻狂得恰到好处的诗人大概也不愿意完全因循古人，说他有个性也行，说他别别扭扭也行，反正他就是要在兴致最好的时候拍拍屁股扭身就走。因为他知道：

尝过最甜的，见过最美的，也没什么好，就很难再被打动了。

无题雪

彼时高原碧空如洗，他们相遇一场宴席。

女孩骋马拔杆，英姿飒爽，众宾朋莫不呼好，男人亦赞叹不已。主人道：此吾侄女，许配于公如何？男人以为席间戏言，哪知逾数日，女孩竟盛装而至。

从此，天地之间，雪山之前，他们永结同心。可乱世不过刚刚掀开一角而已。

男人领兵打仗，枪林弹雨。孰料惊变突生，须撤离高原返归汉地。女孩决定随行。军队跋涉荒漠，罹病痛，寝冰雪，啖生肉。狼兽眈眈，凄风恻恻。行至日暮穷途，自相残杀，同伴亦可烹而食之。这期间女孩倾力以延残喘，壮语以抚众安。若无她，男人亦早毙于绝地。

历时数月乃获救，一一五人同行，惟七人生还。女孩亦精疲力竭，似红烛将熄时余光一点。

　　冬日城池尚安稳，家书已寄送，想来男人应无后顾之忧。她遂与心上人告别，愿他余生珍重。是夜溘然长逝，年十有九。

我的心上人玉骨云衫
松风侠气两袖贪
怎舍他孑然苦海行帆
摒甲同尘命绝川

狼烟笑着将面容熏染
饥困之后还有凛寒
只要握紧双手就能心安
无妨濡沫比生死更难

我梦见业海吞空冷彻格桑路
又梦见故人悯恤杯糖苦 [1]
便问他若我先一步涉黄泉至彼岸国土
会否孤独

爱恋的　相拥御严霜（厌倦的　互赠疤一双）
孤寂的　皓月可独享（亲昵的　隔一道目光）
以为此生只消兵来将挡
哪知因一人溃不能防

（间奏）

我的心上人明雪澄岚
春江送月鉴眉岸
乱世中情义百炼千锻
未肯半分输慨然

待到思念将岁月磨穿
人海不再掀起波澜
孤灯催他同将往事翻看
催开纸页上一朵泪斑

我可以枪林弹雨泰然任无数
也可以挥刀见血眉不蹙
却无力撞开命运墙垣奔向红尘相逢处
衷情倾诉

爱恋的　相拥御严霜（厌倦的　互赠疤一双）
孤寂的　皓月可独享（亲昵的　隔一道目光）
以为此生只消兵来将挡
哪知因一人溃不能防

动心的　留宿在心房（过眼的　流年中流淌）
镌刻的　初遇最漫长（遗落的　擦肩于诗行）
经年后他阔步河山清旷
旧人间有我为他安放

2018 年 12 月定稿

1.《艽野尘梦》中记载，西原将去时对陈渠珍泣曰："昨晚梦至家中，老母食我以杯糖，饮我以白呛，番俗梦此必死。"此处鉴于歌曲演唱等原因，遂将"老母"写作"故人"。

许多年前读过一本书，被书中人物的感情深深打动。这本书就是陈渠珍的《艽野尘梦》。

陈渠珍在书中恸哭西原长逝："入室觉伊人不见，室冷帏空，天胡不吊，厄我至此。余又不禁仰天长号，泪尽声嘶也。余述至此，肝肠寸断矣，余书亦从此辍笔矣。"

《无题雪》的创作并非单纯地复述那段可歌可泣的故事，更多的是向那段感情致敬，以及展现这首歌本身的情感和想法、创意与灵犀。

人生本就是一场无题的撰写。愿如春雪，盛放片刻。

夏南

原来记忆流淌得太快了
你在年去岁来中一闪而过
遗忘可以让人变得更清澈
卸去一身的因果

我骑着我的那匹小花马
在每一个红绿灯路口穿梭
它现在不吃草改吃岁月
还总是向我抱怨味道酸涩

开满玫瑰的山路蜿蜒寂静
希望松鼠会来为我送行
我奔天涯路　也过奈何桥

我斟霜雪君随意，前路各自倾风雨

见过春风临终时的梦境

也许我们该听凭世俗论处
这样就不会显得太孤独
狡诈善良各有各的活路
相聚月圆之夜　鬼笑神哭

或者我们该爱恨都大刀阔斧
单枪匹马也不认输
可是很难说　我究竟是不是个懦夫
还没迈步　先找退路

（间奏）

你爱着人间天真的景色
人间却在你面前打滚撒泼
别听信无忧无虑胜似神仙
神仙背了千层锅

我提着我的那柄龙泉剑
刀山火海都愿替你闯一波

夏南

拔剑看去竟然锈迹斑驳
它说它现在只想立地成佛

风吹起十里红尘迷住眼睛
人们就想用温柔来续命
我挨紧箍咒　也喝孟婆汤
尝过迷恋破碎时的酩酊

也许我们该听凭世俗论处
这样就不会显得太孤独
狡诈善良各有各的活路
相聚月圆之夜　鬼笑神哭

或者我们该爱恨都大刀阔斧
单枪匹马也不认输
可是很难说　我究竟是不是个懦夫
还没迈步　先找退路

其实我心里有大片山河疆土
阳光温煦水源充足
等你想通了　就搬到我心里来居住

我斟霜雪君随意，前路各自倾风雨

和我一起发疯　一起放牧

2020 年 8 月定稿

伊塔洛·卡尔维诺在《看不见的城市》中写道："梅拉尼亚的人口生生不息：对话者一个个相继死去，而接替他们对话的人又一个个出生，分别扮演对话中的角色。"

我们说着别人说过的话，走着别人走过的路，我们每个人也许都披着他人的影子，都受着他人的影响，并且影响着他人。

夏南不是我的朋友，也不是我的敌人，也不是我自己；夏南是我的朋友，也是我的敌人，也是我自己。

夏南是不存在的，夏南也是无处不在的。

我从众生中生，向孤寂中寂。

我是人间最固执的一道谜底。

远行（摄于日本和歌山）

不老梦

终南有坟，名不老。客奇之，问何故，言乃淮南翁主媗冢。

元光二年上巳，媗于渭水之滨遇振翊将军韩袊，悦之。明年，河水决濮阳，上发卒十万救决河，使袊督。媗送别，诉心意。袊以其年尚幼，婉拒之。

后三年，袊戍定襄，媗托尺素，书：妾已及笄。

复三年，媗随姊陵诏长安，约结上左右。每逢袊，且喜且怯。

又三年，媗疾，久不愈。袊随大将军青击匈奴，媗恐不复见，追大军十余里，终力竭。呛血白衣，形销骨立。

元狩元年，淮南衡山事发，陵媗皆下狱。袊欲面之，叩未央宫，额血流地，上弗允。媗殒，袊亲葬于终南。后长安有歌曰：莹莹蔓草，岁岁不老；风雨如晦，死生为谁。

终南有坟，名不老。

等不到鬓雪相拥
重饮渭水畔那一盏虔诚
终究是绸缪青冢
替我将灞桥柳供奉

来世再漱月鸣筝
也许还能道声久别珍重
天意总将人捉弄
怎奈何身不由己情衷

于万人中万幸得以相逢
刹那间澂净明通
成为我所向披靡的勇气和惶恐
裂山海　堕苍穹

爱若执炬迎风 ¹
炽烈而哀恸
诸般滋味皆在其中
韶华宛转吟诵
苍凉的光荣
急景凋年深情难共

（间奏）

倏忽天地琉璃灯
光阴过处徒留皎月几盅
温柔了十方春冬
眷你眉目在我眼瞳

彼时击节讴新声
唱彻白首之约抱柱之盟
摩肩人步履匆匆
多少相遇能有始有终

若要忘却年少轻狂的痛
从此后分赴西东
不如作蜉蝣麻衣霜染淋漓死生
恣朝暮　縠长空

卸去人间妆红
我终于读懂
痴心熬尽才可倾城
惟有亘古寒峰

能安葬浮生
至死不渝的一场梦

（间奏）

天光落笔波折
岁月都干涸
只剩别离来不及说
宁愿折心沐火
舍不得勘破
是你唇边夜雨清荷

2016 年 5 月定稿

1.《佛说四十二章经》（第二十五章）："佛言：爱欲之人，犹如执炬，逆风而行，必有烧手之患。"

　　故事是以汉武帝时期的历史事件为背景，以淮南衡山案为基点，韩衿和刘煊都是我虚构的人物，他们之间的故事也是我虚构的。

　　创作这首歌词之初的构想是将一两个小人物放在较大的时代背景之下，演绎他们的聚散离合、悲欢爱恨。

　　所谓"不老"，意有二：其一就是字面之意，因为刘煊的亡故，她的年华停留在她离去那年，这充满矛盾与坎坷的人生，在那年那月戛然而止；其二是"不渝"，刘煊在年龄尚小之时就遇见了韩衿，那是她最初的最单纯的感情，伴随着她短暂仓促的一生，而最终是因为死亡，让这份感情得以不朽。

　　歌词以刘煊的视角展开，切入点是元狩元年，刘煊病入膏肓，又兼淮南王刘安谋逆之事为帝所察，煊知将与衿永诀，遂以一个将去之人的眼光回望自己的一生，看她与韩衿之间的相遇、错过、身不由己和无可奈何。

　　歌曲总的主题是"求不得"，但并不是不敢追寻才不得，而是努力了、尝试了，依然不可得。因为时代，因为环境，因为外界的桎梏和内心的枷锁。因为人在天地面前，总是渺小得可怜。纵使如此，依然不悔地去爱着，那是怎样一种苍凉的勇气？是"知其不可而为之"，是"虽千万人吾往矣"。莫问结果如何，饱尝淋漓痛楚，才能更真切地懂得。

观虫我

他说，如果破茧之后发现自己并不是蝴蝶，而是一只难看的蛾子，那该怎么办？

——题记

终归一身平淡
忽明又忽暗
随波逐流的帆

岁月亦如禅
不动声色地崩坍
尘花瓣

提起从前　有血有肉的残篇
眉清目秀　漫天硝烟
年少死去得太明显
没骗住镜里那双眼

他看见飞蛾　拥抱着烛火滚烫的虔诚
却从未被谁憧憬
可知坚强并非无动于衷
而是能正视余生

（间奏）

人心十八个弯
对流的孤单
他被月色装满

远方丢掉伞
让雨滴落在手腕
薄衣衫

也许未来　墓志铭上的谎言

说他高雅　或者危险
一生私奔几回惊艳
每回都像没有明天

他看见飞蛾　痛快着心头的地坼天崩
眼底有巨浪涌动
为何碌碌中不停地重逢
行夜衣雪那场梦

梦里有温柔的灯

2019年9月定稿

创/作/小/记

　　其实歌名是一个拆字游戏——"虫我"为蛾。
观蛾，观我，观虫我。

　　小时候，大家都觉得自己拥有广阔未来，定会

第一辑
我斟霜雪君随意，前路各自倾风雨

破茧成蝶，翩然起舞。某天，有个朋友突然说，若是将来发现自己并没有变成惊艳的蝴蝶，而是变成了一只蛾子，那该怎么办？

那时，没人愿意去想这个问题。不可能的，只要努力去做，还会不行吗？

多年以后才懂了：完美的只是假想，不完美才是人生。

真实的是，大多数人都变成了蛾子。也许并不难看，但足够沉默且平庸。

我们沉默地看着自己的一身缺点和许许多多求不得。比如怎么学也上不去的成绩，比如怎么改也改不掉的坏习惯，比如怎么减也减不去的体重，比如怎么努力也得不到的称赞，比如怎么爱也听不见的回应……

这世界上有一万种身不由己，还有一万种无能为力。但我想，"观虫我"的真正意义，就是能够正视自己的不完美，并且告诉自己，不要害怕。

旧日（摄于新加坡）

有些问题，总是孩提时代
最透彻，比如爱人与被爱，
善待与不偏执。
越长大越让人为难。

观虫我

他和她的江城子

所幸十年后还能在梦里告别
笑言自己鬓边已簪了一场大雪
从眉州到密州千里迢迢地撰写
老夫聊发少年狂的气节

见你梳妆想为你提来一盏月
照亮十年生死茫茫中每丝寒夜
还想对饮汴京风雨和钱塘花叶
却忽而惊醒余泪的眼睫

捉一把光阴在唇齿间细细品尝
小火慢炖的思念最是难忘
梦游人间这一趟　九万里地老天荒

提笔不写忠孝贤良　　就只写你回头望

（间奏）

今后是寂寞沙洲或浓云垂野
断肠人走天涯路也要走得欢悦
在阴阳两隔的歧途前抵掌相约
就做庄生梦里那对蝴蝶

捉一把光阴在唇齿间细细品尝
小火慢炖的思念最是难忘
梦游人间这一趟　　九万里地老天荒
提笔不写忠孝贤良　　就只写你回头望

拎一壶往事在天地间悠悠远航
大火烹熬的风霜最是酣畅
扬尘走马浮生忙　　一叶舟浑身雪浪
把盏不敬皇天后土　　就只敬你在心上

2019 年 10 月定稿

这首歌词是既定主题约稿，约稿要求是写苏轼和王弗。我不想去评价或者以空泛的语言赞颂他们之间的感情，没有这个必要。

写词之前我仔细思索，究竟该从哪个角度切入、从哪个角度执笔，才能使人动容且印象深刻。很自然地，我想到了《江城子·乙卯正月二十日夜记梦》：

十年生死两茫茫，不思量，自难忘。千里孤坟，无处话凄凉。纵使相逢应不识，尘满面，鬓如霜。

夜来幽梦忽还乡，小轩窗，正梳妆。相顾无言，惟有泪千行。料得年年肠断处，明月夜，短松冈。

王弗过世十年后苏轼写下了熠熠古今的"十年生死两茫茫"，那是只属于他和她的《江城子》，于是，不仅主题确定好了，这首歌的歌名也有了。

《他和她的江城子》从苏轼的视角落笔，建立在《江城子》原词的感情基调之上。歌词内容涉及了王弗去世后苏轼从杭州通判到密州知州的颠沛，并且化用了苏轼的一些词句，副歌部分升华，一方面点明对王弗的怀念，一方面展现苏轼本人的豁达。

不慌

人们总说时间不等人。

其实并非时间不等你，是你心急火燎地，不肯等时间了。

——题记

走累了就停下来听听月光

听到数万年时间踮行于洪荒

牧歌唱醒一座聪明的山冈

温柔孕育在水草丰美的地方

后来人们筑起灰白色围墙

放纵沉溺于工业化量产哀伤

眼睛和灵魂都迅疾得发慌

跑得再快也跑不出　世界冗长

我希望自己是初春溪水漫过的脚印
在空旷寂寞的夜晚收获一浪浪山林
在慢吞吞的微风里写着慢吞吞的告白信
在你的他的所有人的梦中　偷亲一亲

（间奏）

难过了就该睡个地老天荒
醒来后把心事打包丢给既往
街道来去拥堵着北调南腔
流逝太快所以没人想回头望

可否允我摘朵光阴的倔强
穿着雪白的爱情躺在沙滩上
星子躲在手指缝里捉迷藏
惟有心动能让一生　死得酣畅

我希望自己是初春溪水漫过的脚印
在空旷寂寞的夜晚收获一浪浪山林

在慢吞吞的微风里写着慢吞吞的告白信
在你的他的所有人的梦中　偷亲一亲

我希望自己是船桨波开黄昏的青荇
在沁凉柔软的湖心被天上人间辉映
在金灿灿的幻觉里拥抱金灿灿的抹香鲸
在你的他的所有人的眼中　花瓣轻灵

2020 年 10 月定稿

创／作／小／记

这首歌词也是约稿作品。

一位音乐人朋友跟我约稿，说她最近在思索人生，想要慢慢地生活。她说余生很长，何必要那么慌慌张张的呢。恰好我也在思考这样的问题，人们总是火急火燎地往前赶，嘴里喊着"快点啊，再快点啊"，可是这样拼命地赶时间，真的觉得快乐吗？

第一辑
我斟霜雪君随意，前路各自倾风雨

于是我们一拍即合，便创作了这首《不慌》。

　　时间在一个人的心里到底是以怎样的方式存在着？我自觉自己脆弱的语言，撑不起它的分量。这个世界跑得太快了，可也没见得真正赢了什么。

　　所以我现在只想慢慢地，让一切都慢慢地，把步子迈小一点，把好梦拉长一点。

　　我很喜欢副歌部分的歌词，因为写的时候感觉自己变成了一只慢吞吞却又轻盈的风筝，独自从天空俯瞰人间；忽而又觉得自己像初春溪水漫过的脚印，静静地落在那里，在空旷寂寞的夜晚，听山林一浪浪高声歌唱；在慢吞吞的微风里写着慢吞吞的告白信，在你的他的所有人的梦中，偷亲一亲。

后来她做了一个长长的梦，

梦里有春山薄雪，微风流泉。

她捉着月亮的尾巴向前走，

这样就不会迷路了。

一朵梦境（摄于广东广州）

前尘花

前尘如花。

绽放时不以为意，凋谢后才惊其绝美。

——题记

何故到访？
在我灵魂里曲折暗涌
十八年长亭相送
他才肯从我心头归去人海中

他要我了悟凡俗喜憎：
诸事无可奈何　分明言不由衷
初惊艳　再疲倦　再难心动

且去红尘——
惯见神魂颠倒迷离眼　荒唐有万千
车水马龙往复来　争相下九泉
至美是少年　风发意气瑶台宴
流水生灭事　浮云人世间

（间奏）

何须多言？
我未尝不知得失有命
八十年仆仆尘风
到头来谁先死在谁的回忆中

他要我沐泽岁月恩宠：
人前人后清白　一花一叶心疼
随因果　随风波　自在性情

且去红尘——
惯见神魂颠倒迷离眼　荒唐有万千
车水马龙往复来　争相下九泉
至美是少年　风发意气瑶台宴

流水生灭事　浮云人世间

且去山河——
但看狂鲨掀海惊龙现　雷霆劈悬岩
骤雪快意拥旷野　阵列群峰险
万籁齐高唱　激荡灵犀一闪念
大风吹万里　天地俱无边

后来便懂得　不必因别离而恹恹
那人犹在前尘里　只身来与我相见

2019 年 4 月定稿

创／作／小／记

　　这首歌词其实写了挺长时间，基调和情感也一改再改。我从前的那些作品，我总是要求自己逻辑清晰、层层推进等，但我觉得关于前尘，大可不必清醒。

很多人心头都会有这样一种存在，那是一个又爱又恨又想忘记又想记得的人。那人曾对你造成很深刻的影响，但你们最终南辕北辙、分道扬镳。你觉得遗憾吗？又或者，你曾后悔过吗？但好像也不必悒悒，那人犹在前尘里，只身来与你相见。

另外，歌词里那句"人前人后清白，一花一叶心疼"是我所认为较为完美的立身处世的态度，延展到人与人之间的情感关系似乎也可以用这句话，或者再加一句"不亢不卑情衷"，就好了。

安知乐

长夜偶傥而来　　抖开幽梦覆盖我双眼
却见流光在林壑之间蜿蜒
峰回路转的人　　细听山中鸣啼乳燕
再于白云歇处清饮一抔泉

舟行无声岁月　　回溯至庆历那畔风烟
我信步滁山古亭恣意放歌流连
觥筹交错的人　　醉了倚着晚霞臂肩
一宿好梦之后再将明朝艳阳参见

世上乐如知己相对饮　　苦如思念彻夜难眠
一往而深的星河　　倒映千载尘烟
我怀抱中有虔诚爱恋　　也有倨傲心志孤悬

月光静立在人生的荒原

（间奏）

牵着光阴衣袖　这条路我未曾觉厌倦
只从春风拂面奔向了某个冬天
苍颜白发的人　生死眼中一望无边
像极了万象初始光电破空的余焰

世上乐如知己相对饮　苦如思念彻夜难眠
一往而深的星河　倒映千载尘烟
我怀抱中有虔诚爱恋　也有倨傲心志孤悬
月光静立在人生的荒原

世上乐如山水自在眠　苦如五斗黍米觍颜
我是骄矜或温柔　何用旁人断言
纵然红尘多浮光潋滟　多来者不善鸿门宴
月光落座于酣畅的心间

2019 年 6 月定稿

这首歌词也是来自一位音乐人的约稿作品，约稿要求是以欧阳修《醉翁亭记》为背景来创作。不过以我的脾性，想必你们也知道了，如果仅仅是"用美丽的语言复述一遍《醉翁亭记》"，宛如中学课本里的作业一样，那真是无趣极了，所以我肯定不想这样。

在这首歌词里，我做了一个梦。我梦见自己回到了北宋庆历年间，回到了欧阳文忠公曾经欢饮过的那个醉翁亭。我是否就是欧阳修？抑或欧阳修就是我？庄生梦蝶，不知周之梦为蝴蝶与，蝴蝶之梦为周与？

在梦里，我和宾客们畅饮酣宴，喝醉了就在亭间酣然睡去，然后又做了一场"梦中梦"，梦见我这个"欧阳修"怀抱着虔诚爱恋，也怀抱着倨傲心志，怡然自得，坦坦荡荡。

整首歌词一环套一环，写到最后也不知是在写我，还是在写欧阳修；在写醉翁之意，还是原本就是醉翁之意不在酒。反正我写完这首词的那一刻，月光静立在人生的荒原。

并刀如水

一切始于季春皋芷汀兰
新叶梦到烟雨　　人梦到归帆
她衣袂上漂泊着溪月潺潺
微光轻粼　　少女心情里靠岸

后来无尽夏染六月晴蓝
风景太平无声　　灵魂似锦缎
我捧着一束歌声还没唱完
人间困了　　它睡在我们身畔

烟霏敛云静　　她如并刀亦如水
刀是桎梏斩尽心意决　　免为人言累
水是柔情满腔一世清白明泾渭

我在此生此夜望向她　月渡三十六陂

（间奏）

一切经过季夏时雨眉弯
她与岁月丹青　婉约油纸伞
露珠消逝于辰初那片花瓣
羲和醒来　怀抱中许多温暖

后来仲秋霜叶点缀团圆
清辉翻越肩头　奔逐去尘寰
我们登上风雪和颠簸小船
银河掀浪　远方会越走越宽

烟霏敛云静　她如并刀亦如水
刀是桎梏斩尽心意决　免为人言累
水是柔情满腔一世清白明泾渭
我在此生此夜望向她　月渡三十六陂

旧事风磨骨　她如并刀亦如水
刀是知其不可而独往　片刃芙蓉灰

水是多愁善感千里万里上善位
世间无人可以代替她　天空一掠明媚

如果我能祝愿她无惧无忧
绵绵宇宙　长情火候
如果他们不能对美宽宥
我们就一起逃走

2020 年 10 月定稿

创／作／小／记

　　这首歌是一位少女来约稿，想要送给另一位少女。

　　我想，也许一切都无法恒久，感情更不例外；在所有看似唐突的理由中，遗忘和丢失是最顺理成章的。然而，我还是从少女们的笑容中看见了"人间四月天"一般的美好。

喜欢美丽的事物，是好的性格。如果彼此之间相隔太过遥远的距离，那么只是凝望与关注便已足够。流淌于指尖的暖流终会逐渐地扩散于全身。简单的小幸福，就很柔软且动人。

希望少女们能够永远美好。灵魂似锦缎，歌声如月光，一切清澈且坚定。

比之暴怒、桀骜、愤慨，温柔的勇气才是世间最强大的力量。

像迷恋晨曦失散的美梦，

不及入口的佳肴，

惊心动魄的诗句一样，

迷恋你。

心事（摄于湖南张家界）

幸会记

　　民国初年，江南一带碧云腔时兴。因声调柔婉，清丽悠远，闻之如见碧云冉冉，芳草萋萋，故名之。中有一出《幸会记》，乃鸿凤班班主苏挽所撰，其时家吟户诵，无不知晓，然后世未传，惜哉。

说幸会　初相遇　青丝湿细雨
回廊外　尘嚣肃然退避
采一滴　心上雨　借天公妙笔
将你名姓藏入四季

拂袖铺开江南绿　千树东风正徐徐
莫停杯　酒酣自有凌云句

鲸纵瀛海扬波去　龙遨苍穹谁敢拘
有幸共你　浩荡天与地

字里行间飞沙砾　南来北往两崎岖
记得纸上当年白马青堤
或许只因——
世间欢笑总不及悲剧铭心惊丽
看客最喜看别离

（间奏）

说别离　思迢递　鱼雁无消息
妆台镜　瘦了香红云髻
风一夕　雪一夕　流年三千里
将你名姓掩入尘泥

路过河山十几驿　衰草严冬各添衣
自别后　朔风吹老宣城句
今年歌台又新曲　往岁旧月照如昔
桃花倦意　借春枝小憩

字里行间飞沙砾　南来北往两崎岖
记得纸上当年白马青堤
或许只因——
世间欢笑总不及悲剧铭心惊丽
看客最喜看别离

我送你斜阳一笄　你还我美梦一缕
妙哉你我这般纵情知己
后来明了——
少年最温柔心事便是曾遇见你
浮生困顿多珍惜

2017年7月定稿

创/作/小/记

　　背景故事里的"碧云腔"和"鸿凤班"等内容
俱是杜撰，我依然只是想讲一个虚构的故事，然后

第一辑
我斟霜雪君随意，前路各自倾风雨

在此基础上写一首歌词。

不过这首词讲故事的方式跟其他的不太一样，毕竟其他歌词里至少故事的起因、经过、结果还是齐全的，但这首歌词完全是"没头没尾"的状态，其间种种全靠想象。

但我觉得，在一种朦朦胧胧的语境中去想象一个故事反而是件更为有趣的事情，因为不再是那种"故事是故事，你是你"的状态，而变成了你去填补故事，故事来成全你。真有意思。所以在这首歌词里我便这样做了。

第一辑
我斟霜雪君随意，前路各自倾风雨

满庭雪（摄于日本京都）

我怎能成为可有可无的从众者。

我本应心痛而泣，喉痒而歌，

在诗意长河中漫漫落魄。

月印万川

夜色扬镰阡陌里　万月跌宕川溪
仰见天心一方寂　刹那间人鬼皆齐
幻梦初醒北冥鱼

山崩地陷忧如杞　孰知今世何去
青天大道漫白骨　尘俗中各自毁誉
殊途万里　终有归期

亘古生灭临到我　抱拳朗声道阎罗：
"憾无多　狂徒懒登麒麟阁"
查点此生始末　偏是情难说
几度痴怨　数见心魔

恃才不傲最愚懦　浮生为欢能几何
搭眼一望俱是匆匆行客
唯余长河落日　孤烟大漠
无心而后本心　无我将至我

（间奏）

逍遥避世炊烟里　欢愁醒醉有趣
江河为脉风为衣　翻寻出岁月表里
长生长死尘埃粒

纵横捭阖小格局　片叶今夕何夕
天下多少黔驴技　浪淘沙东流尽矣
万川见月　清风如一

亘古生灭临到我　抱拳朗声道阎罗：
"憾无多　狂徒懒登麒麟阁"
查点此生始末　偏是情难说
几度痴怨　数见心魔

恃才不傲最愚懦　浮生为欢能几何

搭眼一看俱是匆匆行客
唯余长河落日　孤烟大漠
无心而后本心　无我将至我

2019 年 11 月定稿

创 / 作 / 小 / 记

　　唐高僧永嘉玄觉禅师《证道歌》中言："一性
圆通一切性，一法遍含一切法，一月普现一切水，
一切水月一月摄。"天空中的月亮洒落于大地之上
万万千千湖泊江河，在大地上的江河湖海中我们能
看到万万千千个月亮，但这都是天空那唯一的月亮
的投射。

　　我想，这又何尝不像人之生死与存续。

　　一方面，万万千千的生命，最初时都是从"无"
中起始，而在红尘里却变化成了各种各样不同的人，

正邪善恶，迥然相异；而到了生命最后，所有不同却又同归于"无"之处。

另一方面，面对不同的人不同的事，甚至不同的时刻，"我"本唯一，但"我"所显现于外的则有千万个"我"。或许我们可以简单地管这叫"随机应变"或者"人性复杂"等等，那么再细细思量，"我"所拥有的这千万个面貌之中，究竟哪一个才是最真实的呢？

歌词最后一句写"无心而后本心，无我将至我"。这是那个阶段的我所能给出的回答。

小世间

"想来已是许多年前"
晚风揣着手碎碎念
拉个钩就能挤团看悟空千变
说好不许眨眼

并肩站偷偷把脚踮
怎么还没长高到顶着天
诗文抄到第几篇
涂抹过的字里行间
却有个身影越来越明显

那时惆怅只因为吃撑肚皮
似水流年太过于生僻

许个愿最好能徜徉星河漫膝
流浪在清风怀里

游过了人海找个月亮小憩
陪嫦娥同将往事温习
我们都是光阴中浮沉的岛屿
收下云彩的影子余生独自珍惜

Rap：
那些哭的笑的记忆　还有淡淡的香气
那些心情稚嫩笔迹　相赠一年四季
蚂蚁会不会生气　心头何止十万个问题
喜怒哀乐都能写成比喻句

"竟然已是许多年前"
落叶片片数着时间
装作步履轻盈路过某扇窗边
转身呵欠连天

学堂里明天复明天
在梦中离家出走一千遍

听风听雨都好眠
着急将天下闯个遍
却还不知道什么是人间

那时惆怅只因为吃撑肚皮
似水流年太过于生僻
许个愿最好能徜徉星河漫膝
流浪在清风怀里

游过了人海找个月亮小憩
陪嫦娥同将往事温习
我们都是光阴中浮沉的岛屿
收下云彩的影子余生独自珍惜

旧人旧事想起来会否欢喜
春和秋都带点小情绪
梦里的我们还是那么没规矩
翻山越岭地淘气

也许长大后变得平淡无奇
并非期待中的了不起

回头去看我们奔跑过的足迹
像颗露珠抛向天空又落为细雨

2019 年 6 月定稿

创 / 作 / 小 / 记

这首歌词也是写给一位音乐人朋友的，被收录在他的个人专辑中。

写这首歌词的时候，回想起自己从前的很多事情：

小学三年级以前一直都是短发。当时异常羡慕那些有着一头披肩长发的阿姨，总觉得她们向肩后拢头发的动作实在是世界上最美的风景。于是，每每在无人的时候便自己对着镜子进行拢头发的"无实物表演"。

小学四年级时当上了学校的升旗手。每周一的早晨，穿着升旗手专用的衣服兴高采烈地走向学校，一路上不断接受同学们羡慕的眼神，更觉得兴奋。

小学五年级时很崇拜奥数班上的一个男生。因为我的数学成绩一直徘徊在"较好"和"稍差"之间，从来没有在数学这门学科上体会过"优异"的滋味，所以当时曾不止一次对他的奥数成绩那么好而吃惊，大概是在小小的人生中第一次感受到了什么叫作"惊为天人"。

小学六年级时曾被朋友出卖。老师在课堂上批评没带练习册的学生，朋友因没带练习册而被老师叫起来罚站后立刻指着我说："老师，她也没带，她的那本是隔壁班借的。"

……

小小的日子一点点流逝，小小的岁月一点点绵延。我们再也不玩跳格子和老鹰捉小鸡了，我们再也不会把自己扮成女侠或强盗后为了一块橡皮而"征战厮杀"了。我们学会了在毕业照上摆出假装成熟的表情，而后就真的以为自己长大了。

那时的毕业纪念册还留着吗？也许积满了尘土，

压在书橱下。现在已不记得上边到底写了谁的名字，又忽略了谁的名字。

时光升华。影子静止。

回忆是一盏光，浸润着温柔的心，若是丢入颗鹅卵石——"扑通"一声，砸开好大一片悲喜。

长生（摄于泰国曼谷）

第二辑

焚荡一身猛鬼胆，

扬灰北冥劲云疾

华乐记

琵琶：

浔阳秋夜听人间　婉转千逾龄
边马明妃寄弦上　相思满怀冰
莫催指间　指间飞涌离别景
十面埋伏将军恨　敢向无人行处行

笛：

荒林野渡朽木舟　白衣泊寒星
横吹蕲竹桃花梦　夜凉故园影
姑苏何在　姑苏乱在醉与醒
平生难报美人恩　负尽多情是多情

琴：

伏羲创世　神农斫桐　五帝正余音

第二辑
焚荡一身猛鬼胆，扬灰北冥劲云疾

高山流水　广陵绝唱　幽兰心
抹挑勾剔铮铮骨　一令发千军
胸怀天地　有容万物　是为君

（间奏）

二胡：

悲风一瞬哭满弦　红尘愁与病
长嘶奔马立苍崖　不肯输天命
还未张弓　张弓挽掣狂澜轻
此去风雨断肠处　细听清泉映月明

鼓：

槌击震怒蚩尤战　川岳俱心惊
声声催人睁眼看　八荒有神明
危难何妨　危难无非刀悬颈
七进七出斩恶念　自生自灭暮云平

唢呐：

百鸟朝凤　蛟龙斗海　鲲鹏天地巡
黄沙泼辣　云峰孤勇　俱嘉宾

吹奏悲喜凡俗事　开阖松风劲
放手寰宇　畅快洒脱　当痛饮

总括：
礼乐千载　歌诗万章　天下亿生民
宫商徵羽　刚柔正气　无穷尽
有幸年少遇知音　白头到如今
和鸣花月　咏雪春秋　物欣欣

2020 年 4 月定稿

创 / 作 / 小 / 记

这首歌属于"万象凡音"出品的"国风天华·拾遗"系列。

虽然是"命题作文"，但合作方非常通情达理地将创作权交到了作者手中，你可以用你自己喜欢的表达方式畅快地抒写，恣意地放纵感情。

焚荡一身猛鬼胆，扬灰北冥劲云疾

既然命题是"华乐记"，我觉得整体上就应该浓墨重彩、大开大合，才算对得起"华乐"二字。这首歌在遣词造句方面稍微华丽了点，跟我既往的风格也不太一样。

　　人类文明是因为人类本身的存在而得以存在和延续。所以撰写这个题材，便以"传承"和"惜爱"为根基，继而考察各种乐器的发展历史和特点。在撰写过程中，通过对名曲及典故的使用，达到将乐器人格化的奇妙效果。但因为每个人都是复杂的人，人格化之后的乐器其实也是非常复杂的，然而歌曲表现容量有限，故只选取其中特别为人所知的部分加以渲染。比如琵琶，《琵琶行》《塞上曲》都含有离别的内容，所以用人与人的告别来展现琵琶；而笛子则拟人为一位孤舟桃花白衣公子，因为笛子本身非常清越，再加上它蕲竹修长的形象，自然而然地便产生了一种难报美人恩的缱绻情思；琴的分量非常重，所以放在副歌部分，古琴给我的感觉就是"一令发千军"以及"胸怀天地，有容万物"的"君子心"。其他几种乐器大抵也都是以这样的方式抒写，就不赘述了。

天塌

疯过三巡蔷薇火焰燎原那是她
天生轻灵莫测像一场暗杀
世界乱起来怪诞诡奇到处真与假
做个柔情似水的反派也十分俊雅

奔星疾电烈风皓玉唇齿间腾沓
寡不敌众的人生　直唱到爆炸
谢幕前回味着一错到底的潇洒
她甜得倔强苦得坦然你配爱她吗

救一颗心就一刹　胭脂香魂快刀下
山间大雪　人间大醉　当心风有诈
悬月夜丝丝暗刃涌流过柔软脸颊

抬头任天塌　立地真女侠

（间奏）

剥开时间那层皮谁能白玉无瑕
炎凉未来赤足踩上玻璃瓦
这荒唐时代有幸相逢请别眨眼吧
望透了心里骨里三万里坐稳庄家

秾丽宇宙滚烫年少胆敢不犯傻
恣肆情歌将军令　万籁莫喧哗
无须旁人来品鉴这杯好生泼辣
正是沸腾烂漫那一刻海水煮桃花

救一颗心就一刹　胭脂香魂快刀下
山间大雪　人间大醉　当心风有诈
悬月夜丝丝暗刃涌流过柔软脸颊
抬头任天塌　立地真女侠

爱没谦虚吻没差　理他如来双全法
几人却步　几人吃斋　浪费心头疤

最浪漫的梦在下个世纪被传为佳话

芸芸说她：抬头任天塌　得闲饮茶

2020 年 12 月定稿

创／作／小／记

这首歌词也是一首生日贺词，送给我的一位音乐人朋友。我们相识九年，合作了很多首歌曲，却素未谋面。这其中有很多阴差阳错的成分，也有部分缘于我自己对于人际关系的消极。

或许旁人会对此感到奇怪和不解，但我其实着实觉得这样非常有趣，有种跨越时空的浪漫感，真真儿像梦一样。

每当我想到过往的时候就会觉得，人生际遇是多么奇妙。

焚荡一身猛鬼胆，扬灰北冥劲云疾

野草，蚂蚁，飞蛾。

可笑啊，它们每一个。

就快死了，还那么认真地活着。

痛饮（摄于广东广州）

焚荡一身猛鬼胆，扬灰北冥劲云疾

青州从事

瑞雪一坛春　泥封下冰火大乾坤
怎知晓谦谦秫稻历久而成割喉刃
窖藏十年陈　忘不掉斜川草木旧痕
终得郁馥佳酿　天旋地转才够销魂

可叹　古今兴亡满盘荤
独一句成王败寇就陪葬多少人
可敬　长江腾跃千山阵
黎民渴饮万里樽

可喜　青州到脐快马奔
放狂言深情十斗我要独占八分
逝水浮生只向温柔归顺

何惧薄命寸寸

偏爱浪游造化　播种云霞
我是太白杯中情话
论才气也刚够烂醉凌霄宝殿仙榻

偏爱苦海泛舟　随缘抵达
心意无须凡俗赏夸
等寂静寒夜里远道赴约来那个他
一蓑风雪也潇洒

（间奏）

可怜　九曲回肠多病身
恰相逢谁先心动谁去刀尖索吻
可巧　人有痴念鬼有恨
筹谋地府闯天门

可亲　清溪小桥顽石枕
徜徉处白鹤游鱼都是天下至尊
走遍人间还留一肚天真

埋头睡得安稳

偏爱浪游造化　播种云霞
我是太白杯中情话
论才气也刚够烂醉凌霄宝殿仙榻

偏爱苦海泛舟　随缘抵达
心意无须凡俗赏夸
等寂静寒夜里远道赴约来那个他

坦然摘星危塔　独钓断崖
我是东坡怀中笑骂
未垂首高权势甘愿振衣拜倒月华

坦然袖泼湖光　指点山峡
捐给世间许多风雅
却望见这一生颠沛浮沉后我和他
今宵又对酒饮花

2020 年 2 月定稿

这首歌也是"万象凡音"出品的"国风天华·拾遗"系列其中一首。

《世说新语·术解》载："桓公有主簿善别酒，有酒辄令先尝。好者谓青州从事，恶者谓平原督邮。"

单从字面来看，"青州从事"这个名字，念在嘴里便觉得有种坦荡之气。恰如酒之一物，于千年的文化传承中成了最慨然洒脱的一脉。历史上有许多爱酒的名士，嗜酒如命，将酒引为知己，那么如果酒有灵魂的话，它会不会也把人当作知音呢？

这首词写酒亦写人，却并非写独独哪一杯酒，独独哪一个人，更像是具有了灵魂的酒对于人世所发出的喟叹。

酒是人间豪迈的梦，是嬉笑怒骂的魂灵。

平原督邮

幽夜豪饮烈烈浆　乱烧肚肠
开怀醉到死　万事不凄凉
易水孤勇斩秦王　乌骓飞蹄怒寒江
英雄有憾却无悔　生灭大风张

仰干海碗督邮汤　辣透膏肓
失意多情人　可怜明月光
靖节断炊馋春酿　醉翁神思赋兰章
一壶君子真风骨　松鹤白云乡

醉成鱼肚白　天光银浪拔刀世间不平事
醉成石榴红　道法自然万物生机无有私

问卦尘缘忙掐指　黎民各自苦得失
千年尽头破山寺　春归雪融时

（间奏）

仪狄造酒如造梦　妙趣当胸
小酌遍体暖　大喝宇宙空
黑鸦云犯十年灯　鱼尾霞烧七月城
寄身朝暮如磨蚁　百岁倏惺忪

醉成鱼肚白　天光银浪拔刀世间不平事
醉成石榴红　道法自然万物生机无有私
问卦尘缘忙掐指　黎民各自苦得失
千年尽头破山寺　春归雪融时

醉成翡翠绿　繁华寂寞轮回跌宕终为始
醉成黛螺青　孤山烟水太平世界眼中痴
自罚三杯白雪辞　无尽春意费情诗
浮生动心二三事　更与何人知

焚荡一身猛鬼胆，扬灰北冥劲云疾

幽夜豪饮烈烈浆　乱烧肚肠
开怀醉到死　万事不凄凉

2020年9月定稿

创/作/小/记

　　不同于好酒"青州从事"的慷慨清隽之气，"平原督邮"这个词语咬在唇齿间就有种撒泼打滚耍无赖的可爱，也让我觉得很是喜欢。于是在写完《青州从事》后，我便又自己写了《平原督邮》，就当是凑一对儿姊妹篇吧。

　　这首的副歌部分，是我个人觉得整首歌词里比较特别的地方。写的时候在想，"青州从事"的醉，是醉成了太白的情话、东坡的笑骂。那么像"平原督邮"这种酒，烂醉之后又会醉成什么样子呢？思来想去，醉成清风明月也罢，枯枝烂泥也好，醉成任何一种固有形态似乎都不足以完全表达出那种撒泼打滚耍无赖的感觉，于是我干脆就让它醉成五彩缤纷的颜色吧。但又不是单纯的桃红柳绿，而是拔刀不平事的清白，万物生机的红尘，轮回终始的新绿，以及太平世界的万古长青，这样似乎有意思多了。

　　整首歌词里我自己最喜欢的两句是"自罚三杯白雪辞／无尽春意费情诗"和"开怀醉到死／万事不凄凉"。一句浪漫一句哀愁，混合在一首歌里，是我非常喜欢的那种悲欢喜乐"大锅烩"的感觉了。

有两个词语，让我执迷不悟神魂颠倒，

想在每首词里都写，

写上千遍万遍亦未觉够。

一个是人间，一个是少年。

天光（摄于韩国牛岛）

第二辑

焚荡一身猛鬼胆，扬灰北冥劲云疾

二苏旧局

沉檀刀下三分暖　琥珀命里七寸光
炉熏烟袅袅　发梢拂暗香
生年百岁犹未满　屡次拙笔写枯肠
写出天地两段　人在中间跌宕

来时披挂乾坤雪　去后殡埋水云乡
恶与恶结发　善与善同当
漫卷神魂奔君子　一程温润一程凉
雨衣茉莉　小桥连霜

万人争逐万人轻　万人过处无风景
痛罢世事无常　今日也侥幸
高崖绝壁登临处　沧桑山河雪后晴

岁月布局在他眼睛

（间奏）

菩萨掌中眠四季　青史袖底老八荒
天地万寿短　浮生辛苦长
念及昆仲幼时趣　撒开诗情捞一网
听雨对床　脚心挠痒

万人争逐万人轻　万人过处无风景
痛罢世事无常　今日也侥幸
高崖绝壁登临处　沧桑山河雪后晴
岁月布局在他眼睛

夜半明时最深黯　酒半醉时才清醒
怒罢庙堂江湖　还余犟脾性
拍拍满身都是梦　何妨穷途一伶仃
料峭春风　自去前行

2020 年 3 月定稿

第二辑
焚荡一身猛鬼胆，扬灰北冥劲云疾

　　"二苏旧局"本为陈云君先生所创合香，香方记录在《燕居香语》一书中，乃将沉香、檀香、琥珀、乳香、茉莉合蜜研制，托苏轼、苏辙兄弟二人之旧事并以之名。

　　这款香很奇特，因为在陈先生所创的香方里，它只有配方而无配比。这多像为人处世、待人接物一样啊，既真实又朦胧，既存在又虚幻。我很喜欢这个看似简单实则内含无限遐想的香方，故而以其为主题作歌词一首。

　　其实写的时候原本只想写个婉约清秀的风格，结果写完发现竟然带着些辣味。想来，不管二苏也罢，香方也好，大抵都不是单独的情致，诸般滋味，见仁见智，更有妙趣。

风老了，吹不动了，坐在树叶上休息。

他讲起年轻时候无拘无束天涯浪迹，

吻过很多人面颊。

可是最喜欢的那一个已经化为尘土。

树叶问，你想她吗？

风说，不。

只要我继续奔跑，翩跹尘埃，

她就永远在我身旁。

飞空（摄于广东广州）

醉鹤一路

翻过江倒过海戏弄过昆仑山奔涌的朝与暮
拈过花惹过草吻过豆蔻梢头二月初
偷过梁换过柱烂醉过西王母蟠桃会的酒壶
装过疯卖过傻徜徉在黄泉路与亡魂掐指一卜

孟婆汤兑点小醋
五味全才配入腹
千江月活得迷糊
漂泊着随波沉浮

好风是杨柳风
拂绿山万重
放得下往昔才轻盈

好雨是杏花雨
相思沾罗衣
温柔却能卸千钧力

好花是雾里花
开一枝天涯
望不清眉目就无瑕

好月是水中月
随光阴摇曳
一生是漫长的告别

（间奏）

跋过山涉过水投奔过逐长天饮大泽的夸父
怜过香惜过玉爱过出其东门静女姝
离过经叛过道嘲笑过伪性情假正经的世俗
逆过天改过命傲立过阎罗殿质问他何为定数

蓬莱远轻烟白雾
人间近生死朝暮

悲喜愁捡了一路
到最后只影归途

好风是杨柳风
拂绿山万重
放得下往昔才轻盈

好雨是杏花雨
相思沾罗衣
温柔却能卸千钧力

好花是雾里花
开一枝天涯
望不清眉目就无瑕

好月是水中月
随光阴摇曳
一生是漫长的告别

（间奏）

好天是碧云天
黄叶送离烟
远行后更珍惜相见

好夜是枫桥夜
姑苏城外雪
恍惚似古今白首约

好梦是黄粱梦
花月正春风
求不得让人最心动

好酒是骑驴酒
醉倒个宇宙
怕什么醒来千年后

2020 年 8 月定稿

北魏杨衒之所撰《洛阳伽蓝记》在"法云寺"一节记载了一种好酒和一件有趣的事：

"季夏六月，时暑赫晞，以罂贮酒，暴于日中，经一旬，其酒味不动。饮之香美，醉而经月不醒。京师朝贵多出郡登藩，远相饷馈，逾于千里，以其远至，号曰鹤觞，亦名骑驴酒。永熙年中，南青州刺史毛鸿宾赍酒之藩，路逢贼盗，饮之即醉，皆被擒获，因此复名擒奸酒。游侠语曰：'不畏张弓拔刀，唯畏白堕春醪。'"

这首词原本想以"骑驴酒"为题来写，但考虑到自己写酒的词似乎有点多，故而换了个思路，因骑驴酒也叫鹤觞，那就写一只喝醉了的鹤，一路游历山河平川，碧云天黄粱梦，枫桥夜雾里花，醺醺然，乐颠颠。

说起来，鹤与酒的故事在明代王世贞《有象列仙全传》中也有一则有趣的撰述：

"（费文祎）偶过江夏辛氏酒馆而饮焉，辛氏复饮之巨觞。明日复来，辛不待索而饮之。如是者数载，略无吝意。乃谓辛曰：'多负酒钱，今当少酬。'于是取橘皮向壁间画一鹤，曰：'客来饮，但令拍手歌之，鹤必下舞。'后客至饮，果翩跹而舞，回旋宛转，曲中音律，远近莫不集饮而观之。逾十年，辛氏家资巨万矣。一日，子安（费文祎）至馆曰：'向饮君酒，所偿何如？'辛氏谢曰：'赖先生画鹤，因获百倍，愿少留谢。'子安笑曰：'吾讵为此？'取笛数弄。须臾，白云自空而下，画鹤飞至子安前，遂跨鹤乘云而去。"

鹤与酒，真是绝配。

白茶青橙

太纯粹深情与恨串通
都想粉身碎骨地相拥
杀气如美人　委身入怀中
蜿蜒一地痴红

（间奏）

白茶少年清眉眼
总角之岁　颠沛熬煎
常闻高堂忧惧宿敌宿怨
心似月空悬

十九载冷光埋泉

一朝出剑生死由天
哪怕斩首汤镬在楚王前 [1]
愿作烈风　冲云腾鸢

浮生有缘　非在相触片语间
乃是临危不悔不厌
昙花照夜　望进知己眼
一瞬一无边

从前白茶并辔唤青橙
少年侠骨约定千里梦
舟楫春衫轻　月明剑光重
直到真相揭破心疼

太纯粹深情与恨串通
都想粉身碎骨地相拥
杀气如美人　委身入怀中
蜿蜒一地痴红

（间奏）

岁晚牵马经洛川
孤子远行　奔云走岸
剪下回忆里最清隽那段
陪葬他枕畔

说自己来者不善
手刃故友未曾胆寒
奈何桥边再同握孟婆碗
还与烂漫

当初相识　飞沙走砾三十山
柴烧暮色　捧来嘘寒暖
如今刀戟声中　往事听完
两不相关

杯底藏月　眼底也能藏背叛
凌冽招式难以转圜
南辕北辙　莲水松山
只剩流言　恣意流传

世人皆道白茶与青橙

焚荡一身猛鬼胆，扬灰北冥劲云疾

肝胆照彻彼此赴余生

却不说知交　情义千百种

反目成仇也在其中

剑刃上一江春水向东

忽而静谧忽而浊浪涌

明知人心险　偏向险中行

烂醉某个姓名

太纯粹深情与恨串通

都想粉身碎骨地相拥

杀气如美人　委身入怀中

蜿蜒一地痴红

2020 年 1 月定稿

1. 东晋干宝《搜神记》："楚干将、莫邪为楚王作剑，三年乃成，王怒，欲杀之。……莫邪子名赤比，后壮……客有逢者，谓：'子年少，何哭之甚悲耶？'曰：'吾干将、莫邪子也。楚王杀吾父，吾欲报之。'……客持头往见楚王，王大喜。客曰：'此乃勇士头也。当于汤镬煮之。'王如其言。煮头三日三夕，不烂。头踔出汤中，瞋目大怒。"

　　我似乎很少写江湖武侠题材。某天策划来找我约稿，想要一首江湖题材的歌，于是我就杜撰了这样一个反目成仇的故事，一个关于背叛的故事。

　　故事里的两位主人公分别是白茶和青橙，歌词以白茶为主要叙述对象。白茶幼年时随父母躲避仇敌而颠沛流离，常常听到父母哀叹，亦心有忧怖。白茶努力习剑，终于成长到可以独自闯荡江湖。甫入江湖他便结识了青橙，真是一见如故。可后来不知发生了何事，二人竟然反目成仇，终归拔刀相向。

　　他们为何会反目，歌词里没有明说。因为在"歌词"这一体裁之下，很多东西没必要凿凿言明，留给听众自行想象更有意思。

仿佛有人隔岸吹笛，
柔婉了满江涟漪。
花枝与斜阳是难解谜题，
善良的人不必谦虚。

第二辑

焚荡一身猛鬼胆，扬灰北冥劲云疾

清风过桥（摄于陕西宝鸡）

彼时少年

少年是人潮中献出的一腔孤勇。

——题记

该从哪里追溯

摔一坛岁月敬热土

史册里不过寥寥篇幅

甚至拼不出心情供一睹

瓦全还是碎珠

杀一腔惆怅星夜行孤

世人口中喧嚣的命数

多是为懦弱退却作掩护

烈风千袭　劫火万渡
正是吾辈葬身绝好归处
惟愿他年春阳照骨
骨上生万物

神龙擘云　螣蛇破雾
俱是吾心所向铮铮气度
少年怎能败给庸碌
少年"执迷不悟"

Rap：
研磨某夜黑漆
枪声惊醒了山河故里
耳畔回荡家国痛悲泣
绝望中喘息的何止蝼蚁
烽火撞开四季
殷红梦里狰狞又凄迷
少年催促人间向前去
他们对远方深信不疑

Rap：

投奔某段绝笔

以孤身敌百又有何惧

左不过拼尽一死而已

斩头刀斩不落心上天地

并非所向披靡

却能悲愤时拍案而起

也倔强地将苟且唾弃

壮丽诗章以少年为序

该从哪里追溯

摔一坛岁月敬热土

史册里不过寥寥篇幅

甚至拼不出心情供一睹

瓦全还是碎珠

杀一腔惆怅星夜行孤

世人口中喧嚣的命数

多是为懦弱退却作掩护

朗笑眉天　丘壑胸谷

背起晨曦踏向荆棘长路

热泪献与苍生困苦
热血献刀斧

蚀灰陈迹　　后世驻足
碑文名姓隽永清风笔触
少年未将赤心辜负
少年快意千古

君不见四海侵帆掀巨浪
君不见碧血劈面山河烫
君不见彼时步履匆匆生死无常　　枪响

烈风千袭　　劫火万渡
正是吾辈葬身绝好归处
惟愿他年春阳照骨
骨上生万物

神龙擎云　　螣蛇破雾
俱是吾心所向铮铮气度
少年怎能败给庸碌
少年"执迷不悟"

朗笑眉天　丘壑胸谷
背起晨曦踏向荆棘长路
热泪献与苍生困苦
热血献刀斧

蚀灰陈迹　后世驻足
碑文名姓隽永清风笔触
少年未将赤心辜负
少年快意千古

2019 年 3 月定稿

创 / 作 / 小 / 记

此前一位歌曲策划来找我约稿，想约一首"正能量主旋律"的词。在听了策划发过来的曲子之后，我思索良久对策划说，要不我们作一首关于"五四"、关于"少年"的歌吧。

焚荡一身猛鬼胆，扬灰北冥劲云疾

歌词以"少年"为切入点，写少年的赤诚、孤勇。中国近现代革命史上的先辈们，许多人都是少年时代便投身革命，一腔热血，万死不辞，以无比英勇，缔造出而今盛世。

虽然是"正能量主旋律"的歌，在整体表达上我也不想写得太强硬，也担心用力过猛会产生反效果，于是便有了这首词现在的样子。

千秋令

征棹溯华夏洪波

九鼎静穆于史册

有三百篇温柔　岁月里颠簸

春与秋流离失所

抬眼处接天战火

但凭清风肝胆　走万仞绝壑

令他御宇扬威制六合

令他洇泽斩白蛇

令他昆阳策马勇挥戈

令他铜雀掷豪奢

焚荡一身猛鬼胆，扬灰北冥劲云疾

天纵少年　总该倚竹畅饮好云烟
风华羡尽俗人眼
兰亭曲水　漫漫古今俯仰无愧欠
世事万变　惟胸怀旷远

（间奏）

金柝声浪迹北漠
烟雨梦顶礼南佛
玉树庭花飞雪　都看惯离合

骏马腾长安春色
健毫饮重彩浓墨
哪一句长恨歌　非大唐气魄？！

令他隽永词阕泣山河
令他陈桥黄袍着
令他诉丹心精忠报国 [1]
令他草莽登御座 [2]

皓月长天　伴我翻越红尘寂寞言 [3]

铁马金戈颤指尖

我痴我癫　傲骨奉送寒夜燃烈焰

平生所愿　敢为天下先

沧海桑田　多少浮沉才足以铭镌

千秋星河悬鬓边

我悲我恋　亦有满腔赤诚为利剑

春风比肩　何惧向人间

2018 年 3 月定稿

1.《宋史·岳飞传》："康王即位，飞上书数千言，大略谓：'陛下已登大宝，社稷有主，已足伐敌之谋，而勤王之师日集，彼方谓吾素弱，宜乘其怠击之。……臣愿陛下乘敌穴未固，亲率六军北渡，则将士作气，中原可复。'"

2.《明史·太祖本纪》："至正四年，旱蝗，大饥疫。太祖时年十七，父母兄相继殁，贫不克葬。里人刘继祖与之地，乃克葬，即凤阳陵也。太祖孤无所依，乃入皇觉寺为僧。"

3. 初稿写作"翻越红尘寂寞言"，后来定稿时因一些现实情况，我将"翻越"改成了"翻阅"，故音乐平台发布版均写作"翻阅"。然而，我们研习历史、面对历史，不正像一位孤独的旅人面对崔嵬崇岭、浩荡长河；我们阅读历史，不正是在史册中翻越一个时代又一个时代，跨越一座高山又一座高山……故而思忖再三，此处仍改回初稿的"翻越"。

　　整首词是比照"通史"的写法一条线贯通下来，除了最后两段副歌是最终的抒情和升华外，其他地方每一节（有的地方是每一句）都叙述着一段历史，一个故实（不是故事）。

　　歌词创作上基本依照时间线条，但因历史本身的发展进程问题，很多时候都不是孤立的、绝对的，故其间有交融关系。各个历史时期没有在歌词里明确地进行标示，但彼此之承接应该还是很容易看出来，所述人与事皆是极具代表性的、为后世所熟知的。

　　最后想要特别说明的是，歌词中被人问及较多的便是"哪一句长恨歌 / 非大唐气魄"这句。何为"大唐气魄"，也许每个人都有自己的理解，但《长恨歌》究竟算不算大唐气魄呢？我认为必须算。如果单纯从"批判李杨爱情"的角度来为《长恨歌》定位，《长恨歌》着实委屈，白乐天怕也委屈。《长恨歌》本身所具有的叙事抒情完美结合的极高艺术性，以及传颂千年依然动人心弦的缠绵深情，这不正是海纳百川、兼容并蓄、掷地有声的大唐气魄吗？

寒潭抱月

颠沛我仆仆风尘骋步明灭星河
叹息时回忆翻涌一堑洪波
多年前我于天穹醉将月光撞落
醒来已隔人间迢递烟火

众生鼎沸在身侧 爱意喧嚣于唇舌
万万人中听闻一段你我
便纵身红尘千百种恋恋不舍
还未遍体鳞伤怎么成佛？

（间奏）

桀骜我偏学夸父逐日踏山饮泽

追寻着你浪迹天地的执着
可是我翻遍人海也不见你轮廓
许是我的眼还不够炽热

众生鼎沸在身侧　　爱意喧嚣于唇舌
万万人中听闻一段你我
便纵身红尘千百种恋恋不舍
还未遍体鳞伤怎么成佛？

只求无惧因果
敢向世俗一唾

名禄将赤诚消磨　　欢愉倾泻出荒漠
从滚烫心血至麻木魂魄
当初破釜沉舟的梦还剩几个
茶余饭后可还值得一说？

晚山寒潭栖月色
刹那间我惊觉这玉壶冰心是你吗？
浮光掠影又如何
我跃下我终于被你淹没

寒潭抱月

这一刻 你是我的

2018年9月定稿

做一个独特的人，一个有着强烈个性和品格的人。在黄昏来临前，找到素未谋面的知己，期许一场身向榆关的远行。

整首歌我最喜欢的一句词是："只求无惧因果，敢向世俗一唾。"其实就是，你会不会为自己的选择而后悔？

我不会后悔，因为我觉得，后悔不啻为一种贪婪。

在人生的某个阶段和某个问题上，你选择了一条路，走着走着又觉得这条路不好，这山望着那山高，可惜人生回不去，只好后悔，可不就是既想得熊掌又想得鱼。

　　人活一世，最基本的就是"为自己的选择负责"，选择了熊掌就好好欣赏熊掌，选择了鱼就好好品味鱼。

　　每一条路都有尽头，但大多数人走的那条路不一定就是适合你的路。你可以选择康庄大道，路倒是很宽，可惜人挤人。或者你也可以选择羊肠小道，崎岖难行，独自美丽。

断人勿以喜憎，

世事何止清浊。

焚荡一身猛鬼胆，扬灰北冥劲云疾

水畔（摄于泰国芭提雅）

辛稼轩

带湖居处渐萧瑟

两鬓霜铁苦水多

古来英雄凄凉地

孤灯照夜可奈何 [1]

拔剑忽忆峥嵘魄

当年生擒张安国

只道千万吾往矣

归不归得不消说

执戟飞虎军　　挥毫平戎策

淳熙十六年　　吹角连营血犹热 [2]

浮生第一恨

怀才不见知音赏　长日空消磨

浮生第二恨

西北神州胡虏侵　桑梓枭狼贺

浮生第三恨

少年英姿今已朽　满头梨花开又落

（间奏）

酿好晨曦唤白鹤

执起北斗舀天河

未及堂前赏青竹

却吹半面尘沙褶

老夫偏心杯中火

醉后寒松怀里卧

攒点云间清白月

留待他年医沉疴

三径寻冬至　九畹种春色

叹息北固亭　今有谁来问廉颇

辛稼轩

浮生第一梦

身在世俗不世俗　　坦荡人间客

浮生第二梦

万象更新长安道　　举杯敬山河

浮生第三梦

抖擞扬鞭赴沙场　　烧尽案头水调歌

抖擞扬鞭赴沙场　　烧尽案头水调歌

2020 年 4 月定稿

---

1. "孤灯照夜可奈何"是我此前一直在思索的一个关于生命和坚持的问题,后来在另一首歌里大概暂时有了一个答案——"孤灯照夜便将他暖在心头"(《美人灯》)。

2. 关于《破阵子·为陈同甫赋壮词以寄之》的创作时间目前学界有淳熙十五年、淳熙十六年、绍熙四年等不同说法,此处取淳熙十六年之说。

第二辑
焚荡一身猛鬼胆,扬灰北冥劲云疾

此前空暇时又翻出辛弃疾来读。

少年时不懂人情世故，就只能看到老辛豪放；而今再读，见那人豪放之下实在是满肚子苦水，又辛酸又可爱。稼轩写词也很是放得开，各种雅语俗语甚至口语一并拿来用，什么"田间快活人"，什么"说得口干罪过你"，什么"管竹管山管水"，嬉笑怒骂都极有意思。

想来，文艺创作中，真正有灵气的人是绝对不会桎梏于世俗的规矩和眼色的。在他们的笔下，一切皆有可能。

饮尘衣

泠川少年，人才辈出。容仪裘马，翩翩甚都。尤以谢琮、杜沄为最。

琮善诗文，沄好剑弈。少同里，长同斋，出入形影，相与莫逆。后又同榜登科，一时传为佳话。

承嘉八年，诸王构祸，奸佞欻起，灾祸连年。沄欲挂冠归故里，隐少阳山，不问世事。邀琮同行，未果，愤而辞。朝堂市井皆言二人隔阂已生，间陈难弥。

十载春秋，寒暑更迭。至荣兴三年，琮拜相，息役弭兵，世始太平。次年春，过泠川，登少阳诣沄，方晓沄已故去。琮恸绝良久，染疾，卧床数月不起。

荣兴四年四月初九，有小儿叩相府门，问谢相可记十八年约否？倘记，当于今夜再叙。门人谓邻家顽童唐突

焚荡一身猛鬼胆，扬灰北冥劲云疾

戏弄，执棍驱之。子时，门人如厕，见府门大开，两小儿相携嬉笑而去，中一人恰白日总角。乃大惊，追至街口，二人踪影全无。

是夜，谢琮薨。

有鸣剑珠匣　堪负桎梏沉枷
有凉风浅呷　六州歌头唱罢

行棹身明达　执圭兼天下
少年锋芒比肩夸　且将狂云驾

若不曾披肝沥胆走荆棘　眉目河山四季
若不曾雕翎纶巾共担敌　人间恋朱碧
偏要将意气酿作绝情句　学谁分坐割席[1]
却为何醉眼里总是当年　相对咏常棣[2]

（间奏）

有浮屠高塔　孤寒几番冬夏

有红墙青瓦　尽览枯荣生杀

旧语咽烛蜡　誓言缺一划
人情冷暖霜白发　泪比酒辛辣

若不曾披肝沥胆走荆棘　眉目河山四季
若不曾雕翎纶巾共担敌　人间恋朱碧
偏要将意气酿作绝情句　学谁分坐割席
却为何醉眼里总是当年　相对咏常棣

回首处畅快琴书半杯棋　泼墨斜阳晚絮
怕再见明月松冈露依稀　故人满尘衣
莫笑我春来不敢闻杜宇　悔当初轻别离
想陪你等到梅子黄时雨　相伴归故里[3]

2016 年 3 月定稿

焚荡一身猛鬼胆，扬灰北冥劲云疾

1.《世说新语·德行》："管宁、华歆共园中锄菜，见地有片金，管挥锄与瓦石不异，华捉而掷去之。又尝同席读书，有乘轩冕过门者，宁读如故，歆废书出看。宁割席分坐曰：'子非吾友也。'"

2.《诗经·小雅·常棣》，歌咏兄弟之情。

3. 贺铸《青玉案·凌波不过横塘路》："一川烟草，满城风絮，梅子黄时雨"。故事里杜沄带谢琮走的那天是四月初九，恰是连绵愁绪，梅雨时节。

　　这首歌的制作过程真是几经波折。原本的创作团队因为一些事情解散了，歌词被丢在一边无人问津，我自己也没精力重新组织团队去完成它。

　　直到三年后的某天，我遇到了一位歌曲策划，于是我把这首词拿给她看，问她："这首歌能做吗？"她当时就给了我十分肯定的答复，后来便有了《饮尘衣》完整音乐作品的发表。

　　《饮尘衣》这个故事在我心里着实已安放了许久。

　　也许我们生命中都有那么一两个儿时关系特别好，后来却因种种原因分道扬镳的友人。现实中的我们，往往都是不愿意回头的。

　　越是曾经亲密无间的人，决裂之后，越是难以回返当初。虽然总会想起那个人，可大家都太倔强，不愿承认心事。"过去的就让它过去吧，这个朋友不要算了。"很多人都会这样想。我自己也是如此。

但，真的就能这样放下吗？忆及当初那种"少年锋芒比肩夸"的岁月，心里不是还有怦怦跳动的温暖吗？

于是我就想写一个故事，写一首歌，让年少的友人能回去。

因为叙事背景是完全架空的，《饮尘衣》较之历史向的故事其实更容易理解一点。自我感觉故事背景已经叙述清晰了，对于具体情节我就不再多做解释。只是需要特别注意的是故事最后——

带走谢琮的人究竟是谁呢？没错，是杜沄，是已经死去的杜沄。

为什么两人都变成了小孩子？那是因为，在生与死的交界点上，他们终于又回归到最初最无瑕亦最无间的样子。

他来带他回家了。

你觉得你很痛苦。

你攀高崖，越急湍，无望前路，难得挚友。

若干年后你回头去看，

才明了当初那痛苦恰似荷叶盏中一滴露。

只一滴确实难以喝下，

待到千千万万滴聚了整碗，

才好仰头一饮而尽。

旅程（摄于贵州安顺）

必入歧途

生，须为自己选条路，无论走不走得通。

——题记

不过须臾不过倏然云烟

不过蝼蚁即殁躯壳将腐碑前

不过鸩酿盈香污尊抔饮爱怜

不过是　浮光潋滟

我执问　用情至如何　值累牍连篇

折风燃沙　水斩冰衔

也许幻梦也许化境三千
也许入眼纷纭瞬息将散华筵
也许还能记起斑驳陆离缠绵
也许是　强作欢颜

我听闻　落叶映寒天　生灭俱如电
而世事　偏似针隐棉

若自缚须作茧
缱意言　刻骨铭镌
凭谁来承诺　诸多亏欠
随明月　跌宕人间

可曾寒枝拣尽　假装梧桐栖凰
热泪满眶　将慷慨弥彰
逃不出　颠沛流离　沉疴膏肓
总是　独醒者悲怆

振臂弃身投局　前敌各自相抗
何必回眸　再贪眼旧伤
半面痴　半面烈　同生共亡

必入歧途

诀别只是恋彼方

（间奏）

哪怕枯寂哪怕至死不见
哪怕玷染温柔看透纯粹浓艳
哪怕囹圄深陷八面伪善流言
哪怕是　孤立无援

我愿吻　岁月尘秽痕　风霜褶皱面
酬一阕　微雨双飞燕

衾被枕席敬荐
全未觉　足下深渊
良辰催美景　断壁残垣
到最后　痴心两恹

远路同行寥寥　殉心邀作燕飨
盖棺之前　当狂歌一场
这心间　方寸爱恨　如何丈量
承起　滔天的血浪

昂首扬眉奔赴　穷途亦得荣光
笑煞旁人　恰蝶与蛛网
几分癫　几分狷　恣肆引吭
誓念仍温热流淌

2013 年 12 月定稿

创／作／小／记

这首词是很早很早以前写的了。时间久远到我现在需要踮着脚尖去回望，才能隐隐想起彼时的所思所想。

创作这首词的时候正是人生低谷，各种意义各种层面的绝望，无法前行，无路可走。所以把所有的情绪，都发泄在了这首词里，你读到的混乱、癫狂、痴绝，都是。

必入歧途

我没有办法逐字逐句去解读。人心是善变且矫饰的，故而"解读自己"是一件可笑的事。纵然没有详细的解读，在写给我的信件中，很多人都已经表达了他们对这首词的感情。我抒发了自己，而你通过我的抒发亦感受到了你自己，这样就很好。

倘若现在正在阅读的你暂时无法体会这篇"颠三倒四"的文字，那就别急，放开它，任由它去。也许在不久的将来，在某个燃烧起来的黄昏，突然地，你就与它重逢了。

囚笼里的她

赐予你生命后又想将你扼杀
岁月前路长满若隐若现的谎话
所谓归宿到头来更像压榨
是你带着罪孽吧　所以才遭惩罚

期冀你温顺服帖像一匹母马
四面八方荒诞唇舌来指点搜刮
反正伤害最终会凋敝成痂
是你不懂规矩吧　所以才遭征挞

痛苦最好是摊开在阳光下
以便人们围观取乐喧哗

焦痛气味在心底弥散开
黑色探照灯从天空射来
囚笼里关押着美好的成千上百
被告知"本该如此，不许悲哀"

（间奏）

纵然你明白世上有酸甜苦辣
栉风沐雨想要飞赴自己的天涯
可是世俗垒砌出高墙巨塔
怪你没力气挣扎　所以才被倾轧

痛苦也许该绽放一朵鲜花
以便人们赞美哀叹惊诧

冠冕堂皇的手缓缓高抬
血锈铁门砰然锁紧未来
囚笼里禁锢着美好的成千上百
被告知"忍耐就好，不许推开"

你害怕吗？你压抑吗？

焚荡一身猛鬼胆，扬灰北冥劲云疾

你绝望吗？绝望吗？！

灰蒙的生活像一只乌鸦
空洞眼神渗透每根头发
你可以不停追问直到力竭声哑
反正他们从不会正面回答

2019 年 6 月定稿

鲁迅先生在《呐喊》自序中写道：

"假如一间铁屋子，是绝无窗户而万难破毁的，里面有许多熟睡的人们，不久都要闷死了，然而是从昏睡入死灭，并不感到就死的悲哀。现在你大嚷起来，惊起了较为清醒的几个人，使这不幸的少数者来受无可挽救的临终的苦楚，你倒以为对得起他们么？

"然而几个人既然起来，你不能说决没有毁坏这铁屋的希望。"

这首歌里没有安慰，没有温柔，没有关于美好未来的许愿。它嘶吼尖锐发狂反讽抑郁。这首歌不是讨人喜欢的。

如果现在还无法反抗，那么至少声嘶力竭地将她们唤醒。

侠子

怜可怜　悲可悲　笑可笑
赤心留　形骸放　斗酒豪
舞红绡　玉娥娇　只慕儿郎风华茂
浩气荡重霄　义气不识老

春有信　约来年　生秋草
承一诺　负千程　两肋刀
目苍生　尚枯槁　此身何以敢言傲
斜阳送古道　风萧萧

祭一剑肝胆　奉世人安
肩上孤月静河山
凭庸者辗转　取舍两难

掷此侠气如涅槃

（间奏）

且柔情　且随意　且逍遥
眸已冷　血尤热　剑归鞘
远行棹　逐澜涛　拾取春风付年少
晨昏皆人间　来去碧云天

花眠夜　舟聆江　月倚梢
千金酒　泼红尘　作解嘲
白发多　故人少　得与长天死生交
烛影仔细将　平生瞧

祭一剑肝胆　奉世人安
肩上孤月静河山
凭庸者辗转　取舍两难
掷此侠气如涅槃

当是　家国重己身轻
旧梦里　总有碧水澄宁

小儿问　何为浊何为清
曰无他　但凭心而行

负一剑清寒　予世人欢
凛冽风雪催霜鬓
惟歌者唏嘘　爱恨可叹
浮名不及茶半盏

2013 年 8 月定稿

创 / 作 / 小 / 记

这首歌词也是旧作之一。

何为侠？太史公在《史记·游侠列传》中道：
"然其言必信，其行必果，已诺必诚，不爱其躯，
赴士之厄困，既已存亡死生矣，而不矜其能，羞
伐其德……"

金庸先生于《神雕侠侣》中借郭靖之口说了

这么一段话："我辈练功学武，所为何事？行侠仗义、济人困厄固然乃是本分，但这只是侠之小者。江湖上所以尊称我一声'郭大侠'，实因敬我为国为民、奋不顾身的助守襄阳。然我才力有限，不能为民解困，实在愧当'大侠'两字。你聪明智能过我十倍，将来成就定然远胜于我，这是不消说的。只盼你心头牢牢记着'为国为民，侠之大者'这八个字，日后名扬天下，成为受万民敬仰的真正大侠。"

所以我也曾告诫自己，哪怕仅仅是在音乐作品中，对"侠"的演绎也不应该是狭隘的。"侠"不应仅仅只是江湖纵马，武功高强，潇洒快意，"侠"的灵魂是"舍己"。

侠之重，重在给予，故曰"侠予"。

第二辑

焚荡一身猛鬼胆，扬灰北冥劲云疾

想来，世间至美大概便是"美而不自知"。

因其未觉己身之美，

故而美得大方，也美得自由。

反而是自恃其美的，为了维持这份美而

少不得要去花气力、搭心思，

最终不免惺惺作态起来。

顾影（摄于广东广州）

焚荡一身猛鬼胆，扬灰北冥劲云疾

在深处

绝望的爱是如何降临世界上
那时人间动荡　太新鲜
欢怒在唇齿间
细细品尝

我湮没在今夜深黑瞳眸中
太多谎言虚荣与假设
一边疼痛着
一边快乐

谁在生命寂静处
舔舐心头伤
若欲望有光

就让它点亮
我身体里最后的锋芒

花枯了　花哭了
她枯了　她哭了
离去了　消逝了
撕裂了　腐烂了
最后一盏灯街角熄灭了

（间奏）

绝望的爱是如何降临世界上
那时人间动荡　太新鲜
欢怒在唇齿间
细细品尝

我湮没在今夜深黑瞳眸中
太多谎言虚荣与假设
一边疼痛着
一边快乐

焚荡一身猛鬼胆，扬灰北冥劲云疾

苹果葡萄和毒药
哪些会开花
诗人掩埋眼睛
旋转着的这个世界到底存在吗

屈服的　空虚的
替代的　肤浅的
纯洁的　多余的
罪恶的　几人的
灵魂最深处慢慢死去的

2012 年 4 月定稿

　　这首歌词应该是整本词集里定稿时间最早的一首了。

　　2012 年的时候，我才刚刚写歌词没多久，甚至当时根本没有把写歌词当作一件真正的事情来做，就只是抱着玩玩而已的态度。现在回看当时的作品，觉得浮泛又庸常，但这首《在深处》仔细读来还挺有意思，故而收录。

　　词题源于19世纪唯美主义代表人物奥斯卡·王尔德于狱中所写书札（De Profundis）。致以敬意。

罚酒饮得

敬酒饮得，罚酒亦饮得。

桃花知我，白骨更知我。

——题记

江湖里藏得太深的幻觉
于狭仄心尖明艳一瞥
竟似九霄琼林般清绝
跌碎寒夜

故事何必听得真切
自在之人掀雨踏天阙
红尘流淌过你轻颤眼睫

较之惊雷怒雪更为激烈

几人将你描绘以浓墨重彩
几人为你喟叹而凭风高台
我却只怕　只怕你清隽眼眸失落于人海
无处不尘埃

（间奏）

你知我无力将结局改写
偏赏我一纸桃夭艳曳
我梦中万里风花雪月
你最决绝

时间终于开始颓谢
这杯罚酒故人未赴约
我为你把千载流光翻阅
沧海桑田你等在哪一夜

几人将你描绘以浓墨重彩
几人为你喟叹而凭风高台

我却只怕　只怕你清隽眼眸失落于人海
无处不尘埃

如扼喉般无法言说的悲哀
是我生老病死都与你无碍
记得那时　那时饮下你岸芷汀兰的襟怀
寂寞已盛开

2016 年 5 月定稿

也许你曾爱过一个人，一个与你根本不在同一时间、同一次元的人。

你匍匐于岁月尘隙想嗅到他的气息，你翻遍了书页、画卷、诗篇想找寻他留下的蛛丝马迹。你甚至想要拼尽全力去保护他，哪怕被人笑为痴傻。

纵使他早已故去，或者根本就只是存活于虚构的笔墨间，却让你魂牵梦萦。

有时你觉得，你知他，恰如他知你。倘若他活着，一定也是知你的。他不是现世桃花。他是你的罚酒，是你的前尘白骨，是你至真至纯、至高无上的单恋。

长河暗涌。

慢慢地，身边的人一个一个都成了逝人。

人生惟是一场大漠孤烟直。

无垠（摄于韩国济州岛）

第二辑

焚荡一身猛鬼胆，扬灰北冥劲云疾

焦骨

不肯违心绽放的花，受炽焰焚骨之痛。
骨虽焦枯，而其芳华愈盛。

——题记

謇傲花瓣在烈火中惊艳成灰
灼烫的夜　凝视某些虚伪
敢在世俗唇舌上奔跑的明媚
该被倾慕　也应该被敬畏

如同刀尖下挣扎着流水
潺潺淌出倔强的慈悲
也憧憬与大雪一同跌坠

激烈自由地被风包围

宁愿我凋谢成枯岩余晖
襟怀万里山海鼎沸
向人间烟火种半碗惊雷
埋在春风的韵尾
晨曦照彻白云碑

（间奏）

七情六欲还没疯完先别追悔
三千世界　足够耗尽轮回
穷途末路就折了傲骨听玉碎
逆光的梦　越真挚越垂危

情有独钟的是轻狂年岁
独上高楼宣苍龙来会
我爱的恨的众生都很美
缠绵过眼中每一滴泪

宁愿我凋谢成枯岩余晖

焚荡一身猛鬼胆，扬灰北冥劲云疾

襟怀万里山海鼎沸
向人间烟火种半碗惊雷
埋在春风的韵尾
晨曦照彻白云碑

（间奏）

将绽放在最辽阔的明天
对峙心头那片荒原
我生就绚丽短暂如热恋
只想温柔地赴险
举世无双一千遍

2019 年 11 月定稿

　　这首歌词是以"焦骨牡丹"为背景而创作的。但故事背景对我来说，仅仅是个立足点而已。较之传统意义上的咏物，这首歌词也更多的是在自说自话吧。在撰写的过程中，字里行间亦想让它影射到现实层面，为那些被压抑的、被诋毁的、被世俗胁迫的美好的人而嘶喊。

　　有一些人不太理解"我爱的恨的众生都很美／缠绵过眼中每一滴泪"这两句，他们疑惑恨的人怎么会美？我觉得这可能就是看问题的出发点和个人视角问题了——

　　惟真国色乃有大慈悲，惟大慈悲方显真国色。我是这样想的。

四劫连环

她知道面前是个坑。

但她还是跳了。

闭上眼睛就跳下去了。

——题记

凌晨三点外太空
餐桌对面两个人
悬而未决的一场缘分
指尖碰响了青春
她劫持恋人最后一个吻

今天要更大胆地灿烂

掬起双手接住一捧天蓝
对弈者早就布局好了
四劫连环

清早九点登机口
春心来不及逗留
熙来攘往赶赴下个星球
只是偶然回眸
那位恋人竟还没走

"好吧，我深爱的这位宿敌
你固执得就像漫天大雨"
这盘棋到头来也许还要
加赛一局

猎云裳　杀海棠　恨蓬山几万行
三月雨　五更钟　少年郎 [1]
有情短　呵气凉　隔靴搔痒
依然一生滚烫　瀑飞光

（间奏）

傍晚六点奈何天
细雪跌坠断桥边
"我的故事只能你成全"
约在光阴里相见
别迟到一望无际的时间

贪恋棋逢对手的绝险
每步都心动得地转天旋
对弈者早就布局好了
四劫连环

深夜十点长生殿
月光在耳鬓漫延
不留退路的梦才够惊艳
她想同他道歉
"不好意思，太过想念"

瞬间被点亮心脏和呼吸
可爱的人多像电闪风袭
这盘棋到头来也许还要
加赛一局

四劫连环

猎云裳　　杀海棠　　恨蓬山几万行
三月雨　　五更钟　　少年郎
有情短　　呵气凉　　隔靴搔痒
依然一生滚烫　　瀑飞光

柳色黄　　沉水香　　知此去赴罗网
和氏玉　　隋侯珠　　少年郎
浊世灰　　尘烟瘴　　天真善良
爱是命定跌宕　　夺星芒

2021 年 2 月定稿

1.晏殊《玉楼春》："楼头残梦五更钟，花底离愁三月雨。"
三月雨、五更钟，怀人之景，怀人之时。

这首歌词是整本词集里最后一篇完成的。我原本不想在这本集子里收录它，然而犹豫再三，还是让它赶上了末班车。

歌词写作的时候尝试了一些很大胆的创作方式，比如主歌跟副歌完全两种风格，又比如将"外太空""星球""登机口"这些非常现代性的词汇与"奈何天""五更钟""柳色黄"这类古典词汇混合在一起，制造出一种我自己称之为"可乐炒蛋"的奇妙效果。其实我很早以前就很想做一些类似的创作，甚至想在古风歌词里加入英文词句，这首歌词只是一个初步的尝试，今后也许我还会更大胆。

另外，歌名取用围棋术语"四劫连环"（亦称"四劫循环"），是围棋中循环劫的一种。

说来也怪，原本这首歌我和歌手讨论之后确

四劫连环

定的题材是写爱情，但不知为何，题材一确定，我脑海中最先想到的竟然是围棋里的"四劫连环"——"对局双方在四个劫上互相提来提去，构成一种循环，是围棋中全局同形再现的一种特殊情况。一般在此情形下，一旦一方妥协，局部形势就会对这一方不利，甚至会输掉全局。如果双方在此局面下互不相让，则判该局为和棋"。

大概是我隐隐觉得，这种四劫连环的局面，和爱情很像。最好的爱情，应该是旗鼓相当，棋逢对手；是"做一对秋色平分不臣之臣"（《春不渡》）。

我总觉得，关于爱情，很多人似乎都弄错了一件事情。

假设爱情是一条线段，人们总以为"我"是起点，"你"是终点，爱情是中间连接线——"我"通过爱情走向"你"。所以如果这个"你"做了什么不好的事情，或者当这个人并非想象中那么美好的时候，人们难免心生怨怼，对爱情产生了深切的怀疑，甚至对爱情鄙薄、厌恶。

但我认为这其实从源头就搞错了。

事实上，在爱情这条线段里，"我"是起点，"你"只不过是中间连接线，"爱情"才是真正的终点。也就是说，人不是因为爱情通向另一个人，而是经由另一个人抵达爱情。

所以爱情本身是完全无辜的。无论世界怎么变化，时代怎么发展，人心怎么叵测，爱情都在终点处恒久屹立着。

连接线可以千变万化，但终点岿然不动。最终抵达这个真正终点的人，不会变成任何人的附赘悬疣，而是必将成为更好的自己。

第三辑

惟愿长酣万里风，
皓月满余生

幸得知己有二三

最初未尝世冷暖

遣词琢句描悲欢

纸上浮华换一句称赞

竟是徒扰心乱

年少意气渐消散

檐下风铃似呢喃

鄙薄轻慢都已经习惯

唯以沉默求心安

庭院又是红叶染　又惹秋霜寒

年年岁岁对此意阑珊

杯中酒饮尽　却无由得续满

知己之人在远山

不愿垂眉容颜诡　敷衍作笑谈
兜兜转转携影对孤单
酒香盈深巷　再不求他人传
只为知己相约来　尽酣

（间奏）

踽踽行去步蹒跚
遥望孤雁向天南
香红厌弃梳妆也觉懒
落笔难免空泛

偶有兴致旧物览
箱底诗笺觅一半
褪色牡丹回忆中斑斓
共听帘外雨潺潺

良宵支窗迎月满　鬓发似霜簪
执念未解如何因缘参

人皆羡才情　可才情如波澜
嘲我妄将瞬息挽

门前满目是萧然　向谁嘘寒暖
芸芸皆困于红尘三万
往来行路者　亦各自无相关
幸得知己可牵念　慢慢

庭院又是红叶染　又惹秋霜寒
年年岁岁对此意阑珊
杯中酒饮尽　却无由得续满
知己之人在远山

不愿垂眉容颜诣　敷衍作笑谈
兜兜转转携影对孤单
酒香盈深巷　再不求他人传
只为知己相约来　尽欢

2012 年 8 月定稿

　　这也是一首 2012 年的早期作品。而今读来，很多句子都透着稚气，比如"兜兜转转携影对孤单"，或者"蹒蹒行去步蹒跚"，都是既不惊艳也不妥帖。

　　当时尚处于写词"摸索阶段"的我，按道理讲应该是活力满满的情绪才对，可那时却写了这样一首"老气横秋"的词，大概也有些"为赋新词强说愁"的意味吧。

　　但仔细想想，好像也不尽然。

　　我记得写这首词的那年夏天，我在大学时期非常要好的几位朋友纷纷离开，选择了去往不同的城市工作。去到新的城市后，其中一位发消息给我说，她的朋友都已经距离她那么遥远，都被重山所隔，看不见摸不着。看到她的消息，心里有些难过。我又何尝不是呢？朋友们一个个都去往不同的方向，抵达不同的城市，最后留在此地的，也是孤孤单单。于是便写了词中那句"杯中酒饮尽 / 却无由得续满 / 知己之人在远山"。

岁月绵绵（摄于香港南丫岛）

你是小火慢炖的好。

有温软缠绵的诗意，

和五味俱全的心潮。

惟愿长酣万里风，皓月满余生

Voyager 1

不如现在就云淡风轻地同你说再见
也许你会送我一枝海蓝色夏天
宇宙那条街边堆满了等待贩售的时间
可我买不起　我只有一张月光味的老唱片

每颗星都在其特定的轨道上大声凋谢
我的使命是走无人走过的幻觉
人们终究跑不出眼睛所能看到的疆界
但我想赠你　我身体中储存的最遥远星夜

我走后的时空里会有新人来扑火
温柔坚强的她一定不会输给我
这场孤独的朝花夕拾　你该为我记得

你记得　我就存在着

（间奏）

那时候无聊的世界浪费了无数晴天
年轻的美梦常在现实之中失恋
我将要跟随空茫岁月摔倒上百亿光年
哪都没有你　哪都没人接收到我的疲倦

最浩渺的宇宙定是等着最久远的赴约
我的爱人明亮于一条星河扉页
许多人的未来和许多人的过去在重叠
我要思念你　献上此后所有的沉静和喜悦

我走后的时空里会有新人来扑火
温柔坚强的她一定不会输给我
这场孤独的朝花夕拾　你该为我记得
你记得　我就存在着

我漂游无尽的黑暗也不算很寂寞
喜欢的你总在心头一次次惹祸

虽然我们再不能相见　也该唱首情歌
你唱着　就会听到我

2020 年 10 月定稿

创／作／小／记

　　Voyager 1 是一个无人外太阳系空间探测器，也是第一个飞出太阳系、进入星际介质的宇宙飞船。1977 年的时候，Voyager 1 被发射升空，距今已逾四十载。

　　据估测，Voyager 1 所携带的电池，电量将在 2025 年耗尽，之后它便会与地球彻底失去联系，孤独地向宇宙深处走去。

　　刚开始知道 Voyager 1 的时候就觉得"真是浪漫呀"，哪怕它只是一个空间探测器，但是它与地球之间的联系和过往都使人觉得温柔又伤感，于是就为它写了这样一首歌词。有段时间我很喜欢这种空茫茫宇宙感的作品。

豆蔻熟水

沸水掀白浪　云烟飞撞银瓶破
豆蔻明珠色　跌坠深渊犹入爱河
你看岁月无人拜访亦从容　鬓边卧
空舟逐春水　逝去浮生求不得

你是谁的曾经沧海皎白月色
如今却黯然神伤　终被凡尘囚锁
会有谁来救你逃出围城森罗　转身放把火
前世债　来世还　今生疯过

白玉盏中身　金匕宧开名禄沫
与世间交涉　书檄文字字如刀刻
你爱少年飞扬跋扈金銮殿　闯大祸

逆旅中醒来　只余一丝梦在舌

谁是你的蓝田日暖无端锦瑟
两断于何年何地　竟被尘埃湮没
你还能救出谁驰骋云崖辽阔　向无边跋涉
生其时　搏其命　死得其所

凉风起天末[1]
千载离愁　万籁情歌
君子意如何
鸣剑抵掌　快雪飞漠

（间奏）

谁是你的蓝田日暖无端锦瑟
两断于何年何地　竟被尘埃湮没

---

1. 杜甫《天末怀李白》："凉风起天末，君子意如何？鸿雁几时到，江湖秋水多。文章憎命达，魑魅喜人过。应共冤魂语，投诗赠汨罗。"

你还能救出谁驰骋云崖辽阔　向无边跋涉

生其时　搏其命　死得其所

2020 年 7 月定稿

创／作／小／记

熟水是古代的一种汤饮，李清照将豆蔻入水煎煮，煮出一壶风华。李清照曾作《摊破浣溪沙》：

病起萧萧两鬓华，卧看残月上窗纱。豆蔻连梢煎熟水，莫分茶。

枕上诗书闲处好，门前风景雨来佳。终日向人多酝藉，木犀花。

南宋陈元靓在《事林广记·别集》中对豆蔻熟水也有记载："白豆蔻壳拣净，投入沸汤瓶中，密封片时用之，极妙。每次用七个足矣，不可多用，多则香浊。"

这个题材是从豆蔻熟水这件日常小物入手，通过对小物的描写，以小见大，延伸到人生际遇、悲欢离合等层面。其实我还挺喜欢这种写法的：一方面可以恣情地发挥，不受背景故事桎梏，也不被情感约束；另一方面又能感受到较强的文化气息，单单就是这些名字，读起来都让人十分喜欢。

　　仔细想了想自己最近这两年的作品，除这首《豆蔻熟水》外，像《青州从事》《平原督邮》《雪中春信》其实都是这样的写作方法。

他在人海等你

他在人海等你，你去人海寻他。

——题记

擦身五十亿尘寰　仰望三万次月出
人的一生从葳蕤流淌到荒芜
等待像袅袅轻烟中鎏金剥落的香炉
温暖着被岁月消磨过的冰肌玉骨

白栎林晨风徜徉　溪水环抱石苔路
她也只是最平庸之芸芸万物
迷茫地等待着如愁细雨无边落平湖
等某一个夏夜能遇见昙花清露

第三辑
惟愿长酬万里风，皓月满余生

光阴总是一边念旧　一边逃走
不如即刻飞桨木兰舟　撒网漫天星斗

去捕捉黢黑长夜里轻盈缥缈一叶灯
去追逐巉峻断崖上吹奏万籁的风
你将温暖抵押给人海　换取一次相逢
愿你被未来善待　被往事宽容

（间奏）

心动时瞒天过海　怅然在春光迟暮
人的眼底写满了倔强的篇幅
寻觅像疾云骤雨中逆水扬帆的舳舻
穿行天地浪尖却不知该停泊何处

不周山霏雪初晴　皓月气吞万里雾
他用最珍贵的眼神望向孤独
笃定地寻觅着哪怕一瞬知己也满足
隔着天涯梦到和谁指尖的轻触

世界总是一边相恋　一边结仇

待到刹那云烟半途中　　只剩掌纹在手

去捕捉黢黑长夜里轻盈缥缈一叶灯
去追逐巉峻断崖上吹奏万籁的风
你将温暖抵押给人海　　换取一次相逢
愿你被未来善待　　被往事宽容

会遇见你心心念念无数遍那双眼瞳
会陪你流浪长夜偷一片温软的梦
打开心门接纳这访客　　要做个好房东
愿他得余生安稳　　得自由轻松

2020 年 9 月定稿

　　这首歌是给"一倾盖"品牌的产品"红鸾白兔"骨瓷对盘写的主题歌。虽然是以产品为主题而创作的商业歌曲，但写起来也十分有趣。

　　人这一辈子，如落花逐水，漂泊流淌于茫茫人海。相遇，别离，寻找，等待，都是存在的意义。等一位心上人，推开千岩万壑走向你。浮生六记，赌书泼茶，闻琴夜奔。寻一位挚友，步履轻盈与你并肩前行。高山流水，管鲍莫逆，陈雷胶漆。

　　我们每个人都是寻觅者，也是等待者。

慢慢（摄于日本京都）

间歇丧

学生时期的骄傲　终究在地铁里被挤成烂泥
读过的书认识的人　铭刻在心的也所剩无几
来不及伤感　时间急着去拥吻打卡机
它礼貌淡漠地道声谢谢　观赏屏幕外的你

学生时期的幻想　终究在楼宇间迷失了踪迹
他们说你是一个大人了　该学会将情绪封闭
你可以倔强撞向　你想撞的那面墙壁
但是谁又能真的不在意　他人口中的自己

生活往往是——
隔三岔五地垂头丧气　乏善可陈的路人乙
未来不敢细想　往事无从回忆

有时也企盼能金戈铁马　挥洒无前的勇气
可前方究竟有什么？
也许是一场新的　身不由己

（间奏）

学生时期的成绩　后来改了名字被称为业绩
翻很多山渡很多河　也没找到传说中目的地
来不及感叹　七点半后晚餐比较便宜
在灯火辉煌的熙攘街口　希望能买到剩余

学生时期的纯恋　到现在都不好意思再提及
浪漫这种东西过于伪善　不如只聊三言两语
你总是孤独　将无关痛痒的欢乐参与
不知爱滞留在何年何地　却想和爱在一起

生活往往是——
隔三岔五地欺人自欺　浑浑噩噩地来又去
未来难以看清　往事散在风里
有时也企盼能浴火成金　锻造无上意义
可无上究竟是什么？

到头来也许就是　好好活着而已

纵然如此
我依然愿意走着跑着　摔倒了再爬起
惟一的目标是　能和生活打成平局

2019 年 7 月定稿

创 / 作 / 小 / 记

好久之前我就很想写一首很"丧"的词。某个清晨，当我从空茫渺远的梦中醒来后，便提笔写了这首《间歇丧》。其实"间歇丧"并不是真的"丧"，只是有时候在生活面前感觉到无力，于是用这种"丧"的情绪来发泄一下。发泄完了，生活还是要继续向前的。

我的父母亲

夕阳淹没树梢每一枝孤独
他们相伴在淙淙光阴秋水渡
暖流寒霜俱从鬓边借路
谁听见他们的落叶声　庭风簌簌

哪个人能比生活更宏富
熬透了酸甜辣再添一大勺苦
亲爱的人有时亲爱地哭
却从未在天风海雨前却步

那孩子于他们手掌心降落着陆
从宇宙星云跋涉亿万万个倏忽
风景在孩子眼中重新构筑

一朵花能不能开到末路

（间奏）

水流过几十年泛黄的朝暮
旧相册里两个人顺着悲欢漂浮
日月三餐拥抱一间小屋
云淡风轻的平凡天气　浪漫超速

分歧争吵然后和好如初
不知满足什么但觉一切知足
仿佛怀揣世间明亮珍珠
爱恋的人定会被神祇眷顾

那孩子于他们手掌心降落着陆
从宇宙星云跋涉亿万万个倏忽
风景在孩子眼中重新构筑　·
一朵花能不能开到末路

天地恒久　生命浓郁　慈悲严肃
人间呼啸　血脉周循　美丽糊涂

我的父母亲

父母是拆开来各自阙如
合在一起就有温度

想来那孩子就像一镜澄澈平湖
倒映出他们的祈盼遗憾和荒芜
渐行渐远的孩子刹那恍惚
他看到他们微笑着站在梦行处

2020 年 11 月定稿

创 / 作 / 小 / 记

这首歌词是写给我的父亲和母亲的。

在我三十年的人生当中，他们给予我的太多太多。

未来我愿意继续写很多很多关于他们的词句。

能成为他们的女儿，我可真是太幸福了。

雪中春信

细雪与春风　谁能做你挚友
一个太轻灵　一个不停留
多幸运　汹涌人潮中拉紧一双手
你在前　我在后

浮生天地间　何事最值得求
无非心欢悦　无非长相守
多难办　你总到我梦里清歌闲游
梦到九亿九千次　还不罢休

满身喜怒哀乐　未能免俗
秤上真心五两半　来赌一赌
赌我痴念　故人如初

赌你回头　眼中便是春归处

醒来春花秋月　红尘倏忽
人似夜半燃昏灯　方寸前路
深情多深　灭顶才满足
长久多久　我只等你到岁暮

（间奏）

今晨想约你　几时烟花扬州
无关山水色　缓缓并肩走
待启唇　忽而踌躇着不敢说温柔
只说此路十万里　遍生红豆

满身喜怒哀乐　未能免俗
秤上真心五两半　来赌一赌
赌我痴念　故人如初
赌你回头　眼中便是春归处

醒来春花秋月　红尘倏忽
人似夜半燃昏灯　方寸前路

第三辑
惟愿长酣万里风，皓月满余生

深情多深　灭顶才满足
长久多久　我只等你到岁暮

2020 年 3 月定稿

创／作／小／记

　　"雪中春信"本是一个香方，载于宋人陈敬所撰《陈氏香谱》中，据传此方乃苏轼所创制，未考其详。我觉得用这个题目来写一首歌有种深切的美好：

　　像是凛冽冰雪世界中的一杯微暖，像是有人掌灯立于阶前的一份期待，像是大千世界我终于和你并肩的幸运，还有那么一丝偷偷的欢喜。

　　有段时间沉迷于给各种香方写歌词，写下了《二苏旧局》中"沉檀刀下三分暖／琥珀命里七寸光"的清辣洒然，写下了《鹅梨帐中香》中"送目流云追远山／世事不饶人心软"的绵软无奈，亦写下了《雪中春信》中"人似夜半燃昏灯／方寸前路"的冥茫和"眼中便是春归处"的笃信。

写香方是一件很快意的事，把鼻端所感受的味道写成人情冷暖的文字，就仿佛通过文字，又嗅到了那种百转千回。今后还想试试写食谱，比如清人袁枚所撰《随园食单》中记载的"白云片"："南殊锅巴，薄如绵纸，以油炙之，微加白糖，上口极脆。金陵人制之最精，号'白云片'。"应该也特别有意思。

花在梦里梦游（摄于广东广州）

再俗气的爱恋，心软之时读来，
也觉异常动人。

崖边一叶

或许我们都是悬崖边的细叶，微不足道。

却总会爱上千岩飞渡的长风，像爱一个信仰。

叶随风扬，风去而叶萎。

虽则萎，乃有刹那天海激荡，此生足矣。

——题记

原隰遍生白茅

他席卷川海飞云微

聆听簌簌起落的心潮

无边凉意自在萦绕

极目断崖外千古旷渺

她摇曳空茫心事小

只盼他来时挣脱枝杪

陪他骄纵九重扶摇

如果喜悦后必定有悲伤

你可愿意自投罗网？

瞬息延绵亘古　黑暗贪恋月光

至美是水中央

如果暖春后必定有寒霜

你可愿意薄命同赏？

残躯盘旋而上　心跳地动山响

这爱慕已脱缰

（间奏）

风光千里迢迢

他渡过苦海生云涛

抚摸万物的音容笑貌

不着痕迹温柔如刀

比镜花水月更为曼妙
她嗔痴于梦和今朝
天地间最隐晦的寂寥
在心上人疏离眼角

如果喜悦后必定有悲伤
你可愿意自投罗网？
瞬息延绵亘古　黑暗贪恋月光
至美是水中央

如果暖春后必定有寒霜
你可愿意薄命同赏？
残躯盘旋而上　心跳地动山响
这爱慕已脱缰

（间奏）

终归是锦瑟无端的怅惘
搁在心头微微瘙痒
孤客迢递南越　星河高悬北邙
认真地去遗忘

终归是灵犀一点的匆忙

停在昨夜不能前往

人世本就少有　所谓来日方长

不若就此一唱

2019 年 10 月定稿

这首歌也是一位音乐人朋友的专辑收录歌。

歌词里的"他"和"她"其实指的是"风"和"叶"。

构思这首歌的时候想用一些具有象征意味的手法来阐释。

歌曲讲述的是一种理想和追求。"风"是虚无缥缈却无所不在的，就像人心中的梦想。梦想本身不会消逝枯竭，会沮丧失落而最终枯竭的只是那个仰望梦想的人——放在歌曲中即爱上"风"的"叶"。

或许我们都只是悬崖边的细叶，微不足道，不能高飞，但心中若饱含希望，风起时，定然会有那么一瞬间千岩飞渡，天海激荡。

九天之上

穹宇生　空茫夜　明月绽
倾杯倒星汉
鲲鹏徙　九万里　归南冥
背负青云寒

姮娥步　疾风起　奔玉盘
传奇留人间
今我辈　驾飞舟　腾浩瀚
纵身向云端

银河畔　可植柳
赠别古人怅与愁　星辉沾衣袖
光年外　应刻舟

求得千载飞天梦　心驰而神游

念过往　思悠悠
跨越十亿个朝夕　与天公握手
日月星辰俱恭候
相待少年郎　飒爽英姿直上重霄九

俯瞰大地春秋
万家灯火　尽在眼中收

（间奏）

周穆王　御骏马　驰崇山
困囿在尘寰
今我辈　攀层云　踏百川
靛青胜于蓝

银河畔　可植柳
赠别古人怅与愁　星辉沾衣袖
光年外　应刻舟
求得千载飞天梦　心驰而神游

念过往　思悠悠
跨越十亿个朝夕　与天公握手
日月星辰俱恭候
相待少年郎　飒爽英姿直上重霄九

千秋事　万古愁
滴水穿石恒不懈　微尘筑琼楼
行海角　过天丘
何惧前路风雨雪　肆虐未曾休

鼓灵瑟　击玉缶
六合八荒春明澈　熠熠青龙眸
谁道苍穹高难登
少年抱赤心　快马加鞭每一寸宇宙

且歌壮志长有
九天之上　梦与光同寿

2020年2月定稿

这首歌词也是属于正能量"命题作文"。

有位策划来找我约稿，想写一首关于"飞天情怀"的歌让少年合唱队来唱。我想了想，觉得这是一个不错的想法，就接下了。

中国古人怀有深切的九天翱翔之梦，可惜终究未能实现。但这一心愿却在现代人的航空航天精神中得以成真。故而整首歌带有一种励志色彩，希望少年们能"赤心怀抱"，"快马加鞭每一寸宇宙"。

人老建康城

"春归秣陵树，人老建康城。"

——题记

渡过秦淮河水六朝粉腻
石板路朝南再走一地苔衣
"杏花酒蛮来斯　你阿晓得赖"
说这话时　她将珠钗簪上发髻

"先生　侬和她约在聚星亭？"
红衣鬼噱笑勾起兰花指轻
那座城池名唤建康或者金陵
那个人呢　她有怎样俏丽姓名

惟愿长酣万里风，皓月满余生

猝不及防生死簿上枪声大作
黄泉路拥挤三十六里失魂落魄
他走得匆忙　没道别柔情眼波
带着国仇家恨　且便求一求阎罗

七月半盂兰盆节有河灯引路
"汝可随鬼使溯洄往返一星夜幕"
他走得悲烈　战壕里残躯烂雾
因而十殿开恩　赐他片刻归故土

（间奏）

半碗阳春面衬白玉素淡
旗袍绣好了最摩登的牡丹
"隔壁家小把戏　怎又来讨嫌"
那个时节　日子绵得让人腻烦

"先生　卯时三刻夫子庙见"
红衣鬼拐进小巷自去寻甜
月光冷艳又激烈地扑向人间
车水马龙　流淌一座城的善变

屈指算算他离开已近八十年
乌衣巷找来找去都像沧海桑田
他愣神半晌　何处是桃花人面
打破温软的梦　就碎了一地缠绵

这座城文韬武略有三万三千
定有年年洁雪落在年年的冬天
他蓦然回身　那老妪脚步趔趄
泪水风干的眼　依然会让人深陷

"我听惯了岁月里的暮鼓晨钟"
他抬起透明手指摹绘她的姿容
"我最大心愿　是能老死这座城"
好似喃喃自语　她也不知说给谁听

那年那月　韶光有些朦胧
人老建康城　是他和她一生的梦

2020 年 9 月定稿

　　有段时间迷上了关于"城市"的书写。城市是一种独特的存在，不同于田野山河的自然疏狂，由人类聚居而形成的地方带着一种复杂的魅力；亦不同于同样是人类聚居形成的乡村，乡村是硬朗的，而城市，暧昧又柔软。

　　这是我自己"城市与人"系列的第一首歌词，歌词里讲述了一个发生在南京的故事。也许以后还会写很多关于城市、关于城市里的人情冷暖的词，写各种各样不同地域不同风情，以及在这些城市中发生的千姿百态的故事。我想，那一定会是一种有趣的创作体验。

山川从来不温柔，

温柔的是眼眸。

天地应见（摄于广东广州）

六十年后

六十年后的我　大概有八九十岁
会被风绊倒　一双爱莫能助的腿
昏花老眼看不清报纸和针头线尾
却能看清太过遥远那些青涩年岁

坐在楼下路边　晒一晒时间的灰
潮湿骨缝里　积攒大半辈子疲累
家是人世间最不寻常的寻常滋味
柴米油盐都是在描绘它眼眉

但愿那时我还有　灵动赤子情怀
像一本纸页泛黄却隽永的诗集
在我爱的人眼前　慢慢翻开

第三辑
惟愿长酣万里风，皓月满余生

他们会读懂我的倔强叛逆　温柔骄傲
大雪封山孤飞鸟　苏州河畔采红药
活在这终将消逝的生命里　洒脱且寂寥
庄生蝴蝶　华胥神游　烟月无题雨窗敲

（间奏）

六十年后的我　不白活八九十岁
能牵着孙女　给她讲气度和谦卑
流光不会怜惜一朵花盛放又枯萎
但会敬重寒枝冷杈岿然不动的美

路过街巷茶楼　饮半盏东逝的水
霜雪在鬓边　覆盖厚厚一层喜悲
人们背负着生老病死沉甸甸入睡
世界打开掌心那朵带刺玫瑰

也许那时我还有　怀中情深似海
像一方金石题刻上安静的谜语
等我爱的人赶来　慢慢地猜

六十年后

他们会读懂我的倔强叛逆　温柔骄傲
大雪封山孤飞鸟　苏州河畔采红药
活在这终将消逝的生命里　洒脱且寂寥
庄生蝴蝶　华胥神游　烟月无题雨窗敲

老朋友们都已被时间追得　无处可逃
衔杯当年风华茂　一身孤勇钱塘潮
走到烛火尽头再思忖过往　大事都变小
人间万里　刹那回首　轻舟已过奈何桥

六十年后的我　会被装进信封
托付于　来年第一阵春风
寄往天南海北　每个思念我的人心中

2020 年 9 月定稿

　　昔日读词，读到晏殊的"时光只解催人老"很是喜欢。但彼时年少且矫情，所爱只是词句秀美，并未能感受到其中深藏的叹惋。后来年岁渐长，开始有意识地思考"时间""人生"和"未来"。

　　我们活着，却又无时无刻不在被岁月凌迟。

　　但假如我能活到六十年后，我想我一定还会眷恋世界这朵带刺的玫瑰。

二十四溪月

荷锄迎晚照　竹笛随身
山溪泠泠闹　催促归人
清歌叩响柴扉　是你闻声迎门
说天寒　月在云中打盹

听闻武陵南　桃花已春
春风簪于你　最是相称
何时棹起兰舟　落英流水醉一身
你闻言眸中笑意深

自诩天下无双　自矜风流倜傥
面对你　才惊觉心内慌张
只盼二十四溪月　晚岁挂晴窗

惟愿长酣万里风，皓月满余生

白发皱纹里共端详

昔年江湖闯荡　昔时穿风入浪
那半生　前途后路两迷茫
少年郎多垂涎美酒酣畅
不知辛酸才是真相

（间奏）

今夜星河倾　萍水可斟
烛花未及剪　流连话本
文火缠绵清粥　再添一碟春笋
说天寒　茶饭皆有炉温

吹灭读书灯　青丝盈枕
流光约明日　唤醒霜晨
梦里天地在握　快意信手摘星辰
你闻言笑我已睡昏

怀揣赤心热肠　跋涉人间炎凉
相识你　才不枉红尘一趟

只盼二十四溪月　晚岁鬓边香
白发皱纹里满庭芳

并肩看穿人海　携手行至斜阳
这半生　惬意春秋怀中躺
少年郎多偏爱锦服燕飨
不知清平最应珍藏

2018 年 11 月定稿

创／作／小／记

"二十四溪月"所指向的不是地点，而是时间。

二十四是个很美的数字，一年有二十四个节气，始于立春，终于大寒，周而复始，年年岁岁。人活一世，其实并不是非要轰轰烈烈、气冲斗牛才算好。真正妙不可言的美好，是在这周而复始的日子里，在这潺潺流淌的岁月中，有人能相伴终老，赌书泼茶，井臼蔬食；亦有明月高悬，蟾光皎皎，一生清白。

烈酒上头两三杯，

清茶入口君子味。

各行其是，皆有所归。

刹那（摄于俄罗斯谢尔盖耶夫镇）

第三辑

惟愿长酣万里风，皓月满余生

顾怀舟

顾怀舟，南赵江沂顾氏嫡脉。幼而俊敏，颖悟绝伦。及长，品性谦和，雅怀有概。辞章每成，广播南北。

永辰四年，秦后欲专权，召燕王琛入江沂，阉竖外戚，残害忠良。

士人辟祸者，多奔北梁。怀舟亦去。其才情气质为北梁君臣所喜，恩礼甚厚，出右光禄大夫，后晋爵扈城县侯。

征平八年，南赵乱平，流寓之士皆许渡还故国。独怀舟累于盛名，不得归。

裁发梢清瘦斜阳

借余温浅斟低唱

锦笺流芳　慵懒半阕唇齿余香

阖目却被思念灼伤

夜浸深灯梦柔长

逡巡只影青石巷

十载他乡　如今北调当年南腔

道不完几千里星光

倘若心比天地广袤

拥千峰万壑于我怀抱

痛饮眸中月明杯中酒好

能否离愁别绪一笔勾销

（间奏）

长风伴箸欢抵掌

孤云撷雨入新酿

浮生苦航　怕只怕知音不见赏

也诚恐才尽似江郎

倘若心比天地广袤
拥千峰万壑于我怀抱
痛饮眸中月明杯中酒好
能否离愁别绪一笔勾销

陌尘劳
风雪面上刀
纵然提笔山河入诗豪
个中苦辣酸甜几人知晓

但求无愧无悔去岁今朝

2016 年 12 月定稿

亦是旧作。

故事里的这位顾怀舟，其人其事仔细说来于历史上是有原型的。但我因为不想将史籍中的人和事复述一遍，所以选择了在架空的背景下重新创作人物和故事情节。大抵惟有如此，才能更自由自在地表达自己想要表达的情感，才能不被禁锢。并且我一直觉得，为一首歌塑造出它所独有的人物形象是一件颇具创造性的事。

整首词从表层来看主题是思乡，深层次则表达了盛名之下的身不由己。须知世间事，无可奈何常八九，可与人言无二三。

言语之处，空无一物

雪夜，故人至。

未执苍白言语，空泛寒暄。

剪灯，对酒，听雪，煮粥。

翌日天明，雪停人去。

——题记

才折一束秋

便惹冬寒欺眉头

对雪宜尝诗佐酒

衣偏冷　灯偏瘦

往事壶中烫　此夜尽入喉

君细数更漏　我数温柔

把盏无须言　屈指叩金瓯

柴门风雪夜愈稠

文火微微暖清粥

言辞处　俱轻浮

沉吟平生未敢书

且不如　隔窗听雪洗净俗世尘与土

觅归途　向何处

愿赴白发共秉烛

忆当初　拆骨为刀　挥斥来时路

漫嗟荣与辱　意气凭亲疏

言辞处　尽繁缛

清狂不予红尘诉

且不如　折花藏雪偷去岁月晨与暮

算沉浮　世难卜

我与君皆沧海粟

当知足　却不能停步

2013 年 12 月定稿

创／作／小／记

忘却应该忘却的，留下值得留下的。若是前行，便义无反顾；若是回头，也无怨无悔。其实话虽这般，却往往很难做到如此。越是看似浅显的道理，做起来越是不容易。

为了清晰脑海中珍藏的面容而整理记忆。翻箱倒柜地挖掘，找出一箱一箱过期的故事，搁置在暴烈的阳光下晾晒。那些只属于曾经的感动，愈是整理愈没有头绪。

他们都到哪里去了？他们都演着谁的戏？

言语之处，空无一物

我们天高海阔的一生

聚光灯狠狠地吻上你的眼睛
像不像某年某月你竭尽全力去温热的冰
多少人或爱慕或惊诧以为身处梦境
而灯下的你明白　现实残酷又清醒

偶尔谈及来时长路风雨兼程
笑说只是孤寂而已　本就乐在其中
你可知一往无前的心动
往往缘起于　雪停时偶遇一叶春风

我们在人世攀登　磕磕碰碰　摩肩接踵
我们饱尝可遇而不可求　怯怯不敢触碰
我们剖开胸膛纳山河其中　再将思绪收拢

我们天高海阔的一生　可能永不会相逢

你常常质问自己　是否坚定　情有独钟
你与每段故事深切相拥　不再寻常姓名
我攥紧心尖热浪孤傲前行　却跌入你掌中
我们天高海阔的一生　我是因你才英勇

（间奏）

十年心事启唇那刻突然失声
看惯了光怪陆离喧嚣浮夸和人前人后疯
多少人或轩昂或桀骜假装与众不同
你总能安之若素　月光铺满了眉峰

越是鲜艳耀眼越容易被传颂
人们只是希望填满　心上千疮百孔
而世间明澈坦然的心胸
往往成就于　黑夜里刺骨一朵美梦

我们在人世攀登　磕磕碰碰　摩肩接踵
我们饱尝可遇而不可求　怯怯不敢触碰

我们剖开胸膛纳山河其中　再将思绪收拢
我们天高海阔的一生　可能永不会相逢

你常常质问自己　是否坚定　情有独钟
你与每段故事深切相拥　不再寻常姓名
我攥紧心尖热浪孤傲前行　却跌入你掌中
我们天高海阔的一生　我是因你才英勇

2018 年 8 月定稿

创 / 作 / 小 / 记

　　若干年后翻阅旧物，发现原来曾有如你这般
美好的人儿将自己惊动，这是生命中难得的珍贵。

　　虽然我们彼此不相识，但这并不会妨碍我在
心中将你铭记。也许终此一生，我们都只是存在
于宇宙苍穹中互不相关的两条平行线，在彼此行
行止止的生命旅途中，没有故事里所说的偶遇与

回眸。而我惟一感到欣慰的，便是我能够和你成为陌路人。

陌路，亦是一种机缘。

写下如此细小而短促的文字，在不带任何希冀的感情里悄声记录。仿佛是一种寄托，在心灵最有限又最庞大的空间里所做的简单而执惘的寄托。

我和月亮一起望着，望着你的欢颜与愁眉。

当时间的洪流汹涌而过，我不知道你的美会否也变成凋谢的蔷薇，黯淡在经年尘埃中。有些强大的力量让人无法控制，身陷其中，只能随波逐流。哪怕终有一天这份感情将消散于风中，也必然会因为曾经的真诚和善意而百转千回。它是一盏无论何时都会明亮于回忆之旅途上的琉璃灯。

总结：这是一首追星女孩写给 idol 的歌。

尽头（摄于北京故宫）

第三辑

惟愿长酬万里风，皓月满余生

人不可能在每件事情上都顺风顺水，

总会有各种各样的失败。

失败不可怕，可怕的是"担心会失败"的

那种情绪。

我们都是凡人，很难做到不畏惧。

但人间哪有平坦的路，都是磕磕绊绊地走。

大道无阻的时候就开足马力，

翻山越岭时就趁机多看看沿途风景。

风雨河

思念来得太巧　惊动骤雨急潮
淋湿了人间声色潦草
斟上陋窗孤影　咽下往事灼烧
向回忆里吻一瞬心跳

歌楼上听雨时韶光好
添了衣香　添了酒暖　添了烛摇
心事彷徨于眉峰两道
所幸少年挣脱心牢　壮烈奔逃

不到山穷水尽　天地座上宾
怎敢桀骜不驯　张榜聘知音
障目万千皮相　痴念一人心

满杯清泪　可敬红尘可敬君

（间奏）

敞开胸膛热浪　迎上世俗寒刀
有人为我燃一眼火苗
缘何心痛如绞　重过二十四桥
点滴残梦潸然湿破晓

客舟中听雨时断雁扰
减了烦冗　减了浮华　减了喧嚣
江湖作釜请慢慢煎熬
风霜雨雪比风月更　值得深交

不见乾坤无垠　天地结秦晋
怎宴众生纷纭　悲喜俱醺醺
深情长河暗涌　薄情一枕云
聚散离合　人余逝人灯余烬

月洇双眸　星沉两鬓　任如今

2017 年 9 月定稿

这首是一位我很喜欢的歌手为他自己的专辑定制的歌。

约稿的时候歌手跟我说，想以一首宋词为基底，而后演绎出新的歌曲。具体选哪首宋词，我可以自行决定。于是我纠结了一整个晚上，把辛弃疾、苏轼、柳永、姜夔、秦观都看了又看，特别在辛弃疾和苏轼之间纠结游移。正是实在不知选谁好的时候，窗外下雨了。刹那间，那句"一任阶前，点滴到天明"出现在了脑海中。于是我便选了蒋捷的《虞美人·听雨》：

少年听雨歌楼上，红烛昏罗帐。壮年听雨客舟中，江阔云低，断雁叫西风。

而今听雨僧庐下，鬓已星星也。悲欢离合总无情，一任阶前，点滴到天明。

但是说实话，选这首词我是忐忑的。首先，

较之苏轼、李清照、辛弃疾这些可谓"宋词大明星"级别的人物，蒋捷稍嫌低调，没有明星光环加成。其次，蒋捷《虞美人·听雨》原词的艺术成就实在是太高了，逻辑紧密，词句精绝，让我几乎没有下手的余地。

但我还是想挑战一下。

"风雨河"是个隐喻。人生恰如一条长河，生命有晴、有阴，长河有风、有雨。以河水东流去，呼应蒋捷《虞美人·听雨》中所言"少年—壮年—而今"这般时光的流逝。在人生的某个时候，你经历风雨，甚至到了山穷水尽的地步，但你的内心从来没有被击败。也许可以说，正是因为经历过，你才更加明晰、透彻；正是因为感受过，所以才更深刻地爱着。

写完之后发现这大概是一种剑走偏锋的尝试了。《风雨河》抛开了蒋捷和他的"听雨"，而实在地变成了我的听雨。到最后可以说，《风雨河》只是披了一层《虞美人·听雨》的皮，词里的所思所想基本上都是自己的心思。

风雨河

另外，这首歌的创作过程跟既往的拿到完整编曲才填词也稍有不同，是先有旋律，然后填词，最后编曲。写完副歌的词之后我跟歌手说，我设想的副歌在编曲和演唱上应该完全不同于主歌的婉转，而是一种豁然洞开、奔腾涌动的长歌慷慨，是一往无前的绝望和横冲直撞的痛苦的交织，直教人生"平湖波澜起，推窗候月明"。

最终发表的成品很好地展现了这一点，非常感谢。

眉清目秀一道烟

他们总希望自己的人生五彩缤纷

蓝是幸运　红是诚恳

橙色是明媚澈净眼神

绿色是生生不息的青春

可我只有一个无趣的灵魂

白是单纯　黑是迟钝

灰色是对世界的容忍

棕色是狡黠地明哲保身

谁不是在春去秋来的路上狂奔

哪一个是愿意等我一程的人

人间是个好人间　拎起裙摆蹚一遍
攒了几钱恩怨　丢了几分因缘
光阴你有何高见　无须扬声说人前
我只与你心照不宣

（间奏）

神说我们全是费尽心机才成为人
本为花叶　本为埃尘
生长于幽林寒夜森森
酣睡于颠三倒四的年轮

可我要怎样能与他们相称
谈笑风生？优雅谨慎？
参不透内心的沉沦
医不好与生俱来的贪嗔

谁知道清醒和糊涂该怎样区分
都只是尽力缝补经年的困顿

人间是个好人间　拎起裙摆蹚一遍

攒了几钱恩怨　丢了几分因缘
光阴你有何高见　无须扬声说人前
我只与你心照不宣

风月是片好风月　长情短债多婵娟
吞了两碗甘愿　剩了半盏亏欠
我躺在时间怀里　流光流云如初见
眉清目秀一道烟

2020 年 8 月定稿

创／作／小／记

　　"眉清目秀一道烟"这个题目是有天晚上我
做梦梦到的。

　　梦里我在写一本书，书的名字叫《眉清目秀
一 × 烟》。醒来之后我努力地拍脑袋回想，好像
是"眉清目秀一道烟"，又好像是"眉清目秀一

阵烟"，实在想不起来到底是哪个。

不过最终我选择了前者。

因为"一阵烟"总给人一种刹那生灭的感觉，仿佛写完这本书我就江郎才尽了，也忒不吉利。而"一道烟"，则非常符合我"管他三七二十一，我高兴就来了，不高兴就走了"的别扭。

梦里自己在这个题目下究竟写了什么也完全不记得了。于是只好放开糊涂的美梦，在清醒的现实之下，用笨拙的笔重新完成它。

整首词是一气呵成的，写得很快，写完也自我感觉良好地没觉得哪里需要雕琢，于是就这样愉快地定稿了。

我可真是太喜欢这种"放肆地去写"的感觉了。